D. C. MALLOY
GOOD ENOUGH — FUNKEN IN TÜRKIS

ÜBER DAS BUCH

Seinen Boss zu beklauen, war ein schwerer Fehler. Das sieht Brennan ein, als er in die Mündung einer Waffe blickt. In letzter Sekunde kann er seinem Schicksal entgehen und findet in einem Dorf im Wald Zuflucht. Die sonderbaren Bewohner gewähren ihm Unterschlupf, machen jedoch keinen Hehl aus ihrem Misstrauen. Der ebenso verschlossene wie faszinierende Nikolaj hingegen bringt ihn nicht nur mit seinem ausgeprägten Beschützerinstinkt aus dem Konzept ...

D. C. MALLOY

GOOD ENOUGH

FUNKEN IN TÜRKIS

GAY ROMANCE

Copyright © 2018 by D. C. Malloy

Alle Rechte vorbehalten.

ISBN: 1983706841
ISBN-13: 978-1983706844

Kontakt: dakota.c.malloy@gmail.com

Covergestaltung: Marie Graßhoff
www.marie-grasshoff.de

Bildmaterial: © Shutterstock

DANKSAGUNG

Ein Danke von Herzen geht an meine Vorableser, die mich auf Ungereimtheiten und Rechtschreibfehler hingewiesen oder mich mit ihrer Kritik zum Nachdenken gebracht haben, die mir sagten, dass *der Spray* eigentlich ziemlich komisch klingt, und mir mit ihrem Humor die Furcht vor der Veröffentlichung nahmen. Küsschen an euch!

Ein riesiges Dankeschön geht auch an Marie Graßhoff, die das Cover für mich gezaubert hat. Besser sah es nicht mal in meinen kühnsten Träumen aus!

Dieses Buch ist für meine Männer, die ich über alles liebe, weil sie mir immer zur Seite stehen – und natürlich für meine Törtchen Sabrina Uhl, Saskia de West-Berk, Astrid Kühn, Anke Lorscheider, Sonja Nicholson, Silvi M.-B. und Urs Weber.

»If something burns your soul with purpose and desire,

it's your duty to be reduced to ashes by it.«

– nicht von Charles Bukowski,

auch wenn die halbe Welt das glaubt.

1

Benommen richtete Brennan sich auf und griff sich an den schmerzenden Kopf. Warmes Blut benetzte seine Fingerspitzen. Das Talkumpuder des Airbags wirbelte im Wagen herum. Hastig griff er nach der Tasche auf dem Beifahrersitz und hievte sich aus dem Auto. Der Schnee reichte ihm bis zur Mitte seiner Waden. Seine Knie knickten ein, sein schnell gehender Atem kondensierte in der Kälte. Von der Motorhaube, die sich um den Stamm einer Fichte zu schlingen versuchte, stieg Rauch auf. Schneeflocken brachten die Luft vor dem Licht der Scheinwerfer zum Flirren. Er stellte es aus, aber es war zu spät. Hinter ihm schlug jemand eine

Autotür zu. Mit einem Ruck wandte er sich um und entdeckte den dunkelblauen Chevrolet Malibu, der auf der Landstraße zum Stehen gekommen war. Brennan war von dieser *ab*gekommen. Es war Nacht, der Schnee behinderte die Sicht und dann war da plötzlich dieser verdammte Hirsch gewesen.

»Huntington!«, brüllte Newcomb und jagte ihm einen Schauer über den Rücken.

Brennan fluchte zwischen den Zähnen. Ihm blieb nichts anderes übrig, als in den Wald zu fliehen. In das dichte Labyrinth, das sich Meile um Meile vor ihm erstreckte. Die Bäume waren zu dicht, als dass der Schnee bereits den bemoosten Boden hätte erreichen können.

»Du bist sogar zu blöd, um mit dem Scheißwagen auf der Scheißstraße zu bleiben, was? Oder parkst du in dem Graben da unten, in dem ich die Karre hab verschwinden sehen?«, lachte Newcomb und ließ den Lichtkegel seiner Taschenlampe zwischen die Bäume schweifen.

Brennan ignorierte das Pochen in seinem Schädel und stolperte vorwärts. Einen mühsamen Schritt nach dem anderen. Die Kälte machte ihn behäbig und die Platzwunde an seiner Schläfe brannte. Schwindel übermannte ihn. Vermutlich hatte er sich bei dem Aufprall eine Gehirnerschütterung zugezogen.

Newcomb war ihm dicht auf den Fersen und hatte genug Atem, ihn zu verspotten: »Brennan, du kannst mir nicht entkommen. Das ist dir klar, oder? Lassen wir das Spielchen, bevor ich ärgerlich werde.«

Sein Herz klopfte laut, Blut rauschte in seinen Ohren, als er eine Anhöhe hinauflief. Das Licht der Maglite streifte ihn, gleich darauf hallte ein Schuss durch die Nacht. Aus dem Augenwinkel sah er, dass die Kugel einen Baum zu seiner Linken traf. Die Rinde wurde verletzt. Er warf sich hinter einen Stamm.

In wenigen Sekunden fasste er einen Plan. Er musste an Newcomb vorbei und dessen Auto klauen, um von hier wegzukommen. Der Lichtstrahl waberte irgendwo links neben ihm in der Dunkelheit. Brennan nutzte die Chance und schlich von einer Deckung in die nächste. Newcomb und er waren bald gleichauf. Brennan dachte daran, einen Stein oder einen Ast zu werfen, um Newcombs Aufmerksamkeit auf einen Punkt in weiter Ferne zu lenken. Es schien ihm jedoch zu riskant. So musste er sich darauf verlassen, dass das Glück auf seiner Seite war.

Was war er doch für ein Idiot ...

Ein Ast knackte unter seinen Schuhsohlen und er hielt den Atem an, während er sich an eine Tanne presste.

Einen Herzschlag später wurde er zu Boden gestoßen. Ein scharfer Schmerz in der rechten Wade ließ ihn aufschreien. Er war auf etwas Spitzes gefallen, das ihm die Hose zerriss und sich in sein Fleisch bohrte.

Newcomb schlug mit den Fäusten auf ihn ein. Brennan steckte die Schläge weg und teilte ordentlich aus.

Totes Geäst knirschte unter ihnen, als er die Oberhand gewann und sich auf Newcomb wälzte, dem die Zigarette aus dem Mundwinkel fiel. Brennan drosch ihm auf die Nase, aus der sogleich Blut schoss.

Eine starke, raue Hand legte sich an seinen Hals und drückte zu. Brennan schüttelte sie ab. Newcomb kickte seine Beine frei und schlang sie um sein verletztes. Vor Brennans Augen explodierte etwas weiß und schmerzhaft.

Newcomb stieß ihn auf den Rücken und warf sich auf ihn. Ein erbitterter Kampf entbrannte und sie rollten den Abhang hinunter. Spitze Steine und Wurzeln traktierten seine Rippen und den Rest seines Körpers, prügelten wie von Sinnen auf ihn ein. Sie landeten auf einer Lichtung im Schnee, der hier ungehindert hatte fallen und sich sammeln können.

Newcomb kniete sich auf seine Brust, was Brennan die Luft aus den Lungen drückte. Benommen starrte er in ein verhärmtes Gesicht, gezeichnet von Drogenmissbrauch und Frustration, die sich über mehrere Jahrzehnte hinweg in einer verkümmerten Seele aufgestaut hatte.

»52 kleine Kerben hab ich schon in diesen Lauf geschnitzt«, sagte Newcomb, während er mit seiner Springfield herumfuchtelte. »Du wirst die Nummer 53 und ich würde lügen, wenn ich sage, das würde mich nicht befriedigen, du arroganter Wichser.«

»Steve«, würgte Brennan hervor. Er sah Newcomb doppelt, als wäre einmal nicht genug. Der Schwindel machte es schwer, mit den Fäusten zu treffen, was er treffen wollte. Panik befiel ihn. »Wir können reden. Du bringst mich zu ihm und ich werde mich entschuldigen. In aller Form. Und dann ka-«

Newcomb hielt ihm die Mündung seiner Waffe an die Schläfe. »Slick hat dir vertraut und du hast ihn hintergangen! Bist doch'n kluger Bursche, also war dir sicher klar, was für Konsequenzen dich erwarten. Er kann dich nicht am Leben lassen. Sag auf Wiedersehen, Safecracker.«

Brennan schloss die Augen. Er wollte nicht diese grauenvolle Miene ansehen müssen, während er starb.

Ein bedrohliches, unmenschliches Knurren drang durch den Nebel seiner Sinne zu ihm vor. Etwas Warmes fegte über ihn hinweg und wirbelte ihm Schnee ins Gesicht, der auf seiner Haut schmolz. Newcomb brüllte vor Zorn und Verwirrung.

Unter höllischen Schmerzen rappelte Brennan sich auf und erkannte, dass sich sein Feind mit einem Wolf auf dem Boden wälzte. Das Tier packte Newcomb am Arm und schüttelte ihm die Springfield aus den Fingern. Sie versank im Schnee, doch es war nicht die einzige Waffe, die Newcomb bei sich trug. Er riss ein Messer aus dem Gürtelholster und erhob die Klinge gegen den Wolf, der jaulte, als Newcomb ihm einen Schnitt zufügte. In einem Knäuel rollten sie ein Stück von ihm fort.

Brennan kämpfte sich zu der Stelle, an der Newcomb die Pistole fallen gelassen hatte, und buddelte mit schmerzenden Fingern in glitzerndem, hartem Weiß.

Plötzlich ein Schrei, so schrill und gellend, dass er in den Ohren schmerzte.

Brennan hob gerade noch rechtzeitig den Kopf, um mitanzusehen, wie der Wolf Newcomb die Kehle zerbiss. Das Gebrüll verwandelte sich in ein Gurgeln, als ein Knochen knackte, und verstummte schließlich gänzlich. Ein schier endloser Strom an Blut quoll hervor, tränkte das Maul des Tieres und färbte den Schnee.

Brennan bekam die Springfield zu fassen und umklammerte sie mit beiden Händen, um sie gegen den Wolf zu richten, der langsam und mit gesenktem Kopf auf ihn zukam. Seine Augen funkelten türkis im Schein des Mondlichts. Sein Hinken erinnerte daran, dass er verletzt war. Seine Zähne waren nicht gefletscht, seine Ohren nicht angelegt und dennoch hatte Brennan Angst. Sein Finger bebte am Abzug wie seine erkalteten Lippen.

»Er hat dir das Leben gerettet und so dankst du es ihm?« Ein Mann mit Glatze und wildem, weißem Bart trat zwischen den Stämmen hervor und bedrohte ihn mit einer doppelläufigen Flinte. »Nimm die Tussiknarre runter oder ich jag dir eine Ladung Schrot ins Hirn.«

Brennan zögerte. Der Weißbärtige lud geräuschvoll nach und zielte auf ihn.

Der Wolf knurrte und stellte sich zu Brennans Überraschung schützend zwischen ihn und seinen Angreifer.

»Nikolaj«, warnte der Alte mit gefletschtem Gebiss.

Brennan beeilte sich, zu gehorchen, ließ die Springfield fallen und ergab sich mit erhobenen Händen. »Sie ist weg, Sir. Die Waffe ist weg.«

»Ist auch besser so. Für dich.« Ein weiterer Kerl gesellte sich zu ihnen. Ein Latino mit ungezähmten, schwarzen Locken in Jeans und Parka. Er grinste und zeigte ebenfalls die leeren Handflächen. »Dürfen wir dir jetzt helfen oder wirst du noch jemanden von uns bedrohen?«

»Ich glaube, er ist jetzt im Zaum zu halten«, murrte der Bärtige. »Nachdem ich die Vorarbeit geleistet habe.«

»Scheint mir eher, als ob es der Welpe war, der hier was geleistet hat«, sagte der Jüngere und kniete neben Brennan nieder.

Der Welpe? Dieses Ungetüm von Wolf sah nicht wie ein Welpe aus. Das Tier umkreiste sie, doch nicht drohend. Bloß wachsam. Es war, als würde er nach Feinden Ausschau halten, aber es war *Brennan*, den er anstarrte und der den türkisen Blick mit einem mulmigen Gefühl im Bauch erwiderte.

Der Latino machte sich an seinem Bein zu schaffen – vorsichtiger als seine Statur vermuten ließe. »Du bist auf den Rest eines Zauns da drüben gefallen und hast dir einen rostigen Nagel ins Fleisch gerammt. Echt 'ne Meisterleistung. Ich werd das nur schnell verbinden, damit die Blutung gestoppt wird. Den Rest soll Lorraine im Dorf erledigen. Sie ist Ärztin und in solchen Dingen besser als ich. Ich bin übrigens Santiago.«

»Brennan.«

»Schön, dich kennenzu-«

Der Alte unterbrach sie: »Können wir den rührenden Austausch von Nettigkeiten vielleicht an einen warmen Ort verlegen? Nikolaj ist verletzt und muss sich zusammenflicken.«

Brennan legte die Stirn in Falten. Wie sollte sich das Tier selbst verarzten? Seine Wunden lecken? Würde das ausreichen? Sein Blick fiel auf den blutigen Striemen an der Flanke seines Retters. Der Wolf hatte ihn vor dem sicheren Tod bewahrt und Brennan hatte mit der Waffe auf ihn gezielt, anstatt seinen Verstand zu benutzen und zu begreifen, dass das Tier nicht sein Feind war.

»Kannst du gehen oder sollen wir dich tragen?«, fragte Santiago, während er die Springfield aus dem Schnee fischte und sie sich in die Jackentasche schob.

»Ich denke, mit ein wenig Hilfe sollte es gehen.«

»Wir tragen ihn«, knurrte der Alte und schulterte die Flinte. »Ich will nach Hause und nicht die halbe Nacht hinter euch herhumpeln.«

Santiago verdrehte die dunklen Augen. »Zu Befehl, Kellan.«

»Der Wagen«, begann Brennan schwach.

Der Schmerz machte ihn kurzatmig.

»Steht an der Straße um einen Baum gewickelt, ich hab's gesehen«, brachte Santiago den Satz für ihn zu Ende. »Die Bullen werden sich drum kümmern.«

»Sie werden nach mir suchen«, sagte Brennan. »Nicht nur die Polizei.«

»Das dacht ich mir fast, aber das Risiko müssen wir eingehen. Oder ist es dir lieber, wir lassen dich zurück?« Offenbar kannten sie die Antwort bereits, denn Santiago half ihm auf die Beine und nahm ihn mit Kellan in die Mitte. Sie packten ihn an den Oberschenkeln und hievten ihn hoch.

Brennan biss die Zähne zusammen und kämpfte gegen die Qualen, die ihn zu verschlingen drohten. Ein Geistesblitz. »Meine Tasche«, keuchte er und blickte um sich.

»Halt still«, brummte Kellan. »Nikolaj hat sie.«

Tatsächlich hatte der Wolf die Henkel seiner schwarzen Sporttasche im Maul, während er sich ihnen voraus durch den Schnee kämpfte.

Brennan atmete auf und überließ sich seinen Helfern.

2

Sie hatten ihn in ein winziges Dorf im Wald gebracht. Der Weg war ihm endlos erschienen und er glaubte, ein paar Mal für wenige Augenblicke das Bewusstsein verloren zu haben. Er musste weit von der Zivilisation entfernt sein, aber das hieß auch, dass er außerhalb der Reichweite Slick Sonny Hards war. Eine gute Sache.

Wenn da nicht der Umstand wäre, dass man ihn hier nicht haben wollte.

Kellan und Santiago hatten ihn in das Haus eines alten Knackers namens Archie gebracht. Der hatte ihn misstrauisch beäugt und geschwiegen.

Im Licht der Hängelampen bemerkte Brennan nun die schmale, mitgenommen wirkende Brille, die Kellan auf der Nase saß. Seine mageren Beine steckten in braunen Cordhosen, sein ebenso dürrer Oberkörper in einem rot-schwarz karierten Holzfällerhemd und der Weste eines Jägers. Alles in allem war er eine recht auffällige Gestalt.

Lorraine, eine dunkelhäutige Frau mittleren Alters, hatte Brennan ohne ein Wort verarztet und ihn mit einem bösen Blick bedacht, als er sich bedankt hatte.

Er war nicht willkommen. Mit einem bitteren Lächeln erinnerte er sich daran, dass es in seinem Leben noch nie anders gewesen war.

Jetzt saß er vor einem Kamin in eine Tagesdecke mit Patchwork-Muster gewickelt und schloss die Finger um eine Tasse Kaffee. Der Armsessel unter seinem halb erfrorenen Hintern war durchgesessen und fügte sich mit dem abgetragenen Stoff in das Ambiente des Jagdhauses ein. An den Wänden hingen Geweihe und ausgestopfte

Tierschädel. Dazwischen ab und an ein Stickrahmen mit Jagdmotiv.

In der Küche beriet man sich über sein Schicksal. Die Leute machten sich nicht einmal die Mühe, die Tür zu schließen. Jemand hatte zuvor eine Glocke geläutet, um die anderen Bewohner aus ihren Holzhäusern zu holen.

»Ich bin dafür, dass wir ihn fortschicken«, sagte Lorraine und lehnte sich an die Theke, um sich übers Gesicht zu wischen.

»Das wird Nikolaj nicht gefallen«, meinte Kellan, der neben Archie stand. »Immerhin hat er sein Leben für den Mann riskiert«

»Und dabei was abbekommen«, fügte Santiago hinzu. »Jetzt ist der Kerl doch schon hier. Warum sollten wir uns nicht um ihn kümmern?«

»Weil wir nicht wissen, was für Dreck er am Stecken hat«, zischte Lorraine. »Du sagst, jemand wollte ihn abknallen. Was, wenn er's verdient hat?«

Brennan schluckte hart. Nein, er glaubte nicht, es verdient zu haben, sollte seine Meinung in dieser Angelegenheit zählen.

Die Hintertür der Küche ging auf, Kälte kam herein und samt ihr ein Mann mit schweren Schritten. »Lorraine«, ermahnte er. »Das will ich überhört haben.« Er stellte sich zu ihr und schüttelte den Kopf. Blondes Haar, blaue Augen, markantes Gesicht. Sein Blick fiel auf Brennan und er musterte ihn ohne Feindseligkeit, bevor er sich abwandte. »Die anderen kommen schon.«

Drei weitere Leute traten ein. Ein Bär von einem Kerl mit grimmiger Miene und einem kleinen, gedrungenen Mann im Schlepptau. Letzterer sah aus, als wäre er ein wenig zurückgeblieben, doch die Ähnlichkeit zwischen ihnen ließ darauf schließen, dass sie Brüder waren. Hinter ihnen schüttelte sich ein Schwarzer mit dunklen Locken und einem Bart, der von weißen Strähnen durchzogen war, den Schnee von der Jacke. Auch sie begutachteten ihn mehr oder weniger neugierig.

Erneut ging die Tür auf. Eine junge Frau mit roten Haaren kam herein und trampelte sich den Schnee von den Stiefeln. Sie stellte sich zu Archie und lehnte ihm den Kopf an die Schulter. Santiago sandte ein Lächeln in ihre Richtung, welches sie errötend erwiderte.

Hinter ihr erblickte Brennan einen Mann, der es vollbrachte, dass jede Spannung aus seinem Körper wich. Er war groß und schlank, die langen Beine in Stiefeln und dunklen Jeans, unter der gefütterten Lederjacke ein schwarzes Shirt, das sich eng an seinen Körper schmiegte. Sein Gesicht war rund, seine Augenbrauen breit und er hatte einen Leberfleck unter dem rechten Auge. Seine Züge waren männlich schön, die Lippen voll und sein Haar hatte die Farbe von schimmerndem Pech. Die linke Wange war von Narben gezeichnet, die sich wulstig und hell vom Rest seiner Haut abhoben. Es waren drei an der Zahl, angeordnet wie die Krallenspuren eines großen, kräftigen Tieres.

Als ihre Blicke sich trafen, zuckte Brennan zusammen. Die Augen des Mannes waren braun, funkelten in einem gewissen Lichteinfall aber in türkisem Farbton. Sie schlugen ihn in ihren Bann und verwandelten seinen Herzschlag in ein Kammerflimmern. Er wandte sich ab und starrte in seine Tasse.

Kellan erzählte in knappen Worten, was sich zugetragen hatte. Als alle von den Geschehnissen wussten, machte er eine Pause, damit jeder seine Gedanken ordnen konnte. »Lorraine will, dass er verschwindet. Ich würde sagen, dass wir damit seinen Tod in Kauf nehmen. Jemand ist hinter ihm her und ohne unseren Schutz ist er aufgeschmissen. So gut wie am Arsch.«

Nicht nur »so gut wie«, sondern ganz sicher. Doch die Frage, ob diese Leute ihn retten konnten oder ob er sie mit sich in den Abgrund ziehen würde, drängte sich ihm auf. Er wollte nicht dafür verantwortlich sein, dass jemandem etwas zustieß. Aber er selbst wollte auch nicht draufgehen. Und vielleicht konnten sie ihn so gut verstecken, dass niemandem was passieren musste?

Das war naiv. Und es wäre verantwortungslos, zu bleiben.

»Ich will, dass er verschwindet«, wiederholte Lorraine.

»Bin auch dafür, dass er geht«, sagte der Kerl, der an einen Bären erinnerte. »Zu gefährlich, ihn hierzubehalten, wenn ihr mich fragt.«

»Er ist verletzt, Leute«, erinnerte Santiago sie an die Tatsache, die niemanden zu bekümmern schien.

Sie alle verstummten, als Brennan sich erhob, die Tasse auf den Beistelltisch stellte und auf die Küchentür zuhinkte, um davor stehen zu bleiben.

»Ich kann die Vorbehalte gegen meine Anwesenheit verstehen. Sie sind nicht unbegründet. Darum werde ich gehen und bedanke mich zum Abschied für die ärztliche Behandlung und vor allem für die Rettung meines Lebens. Ich hoffe, der Wolf ist in Ordnung?«

Kellan grunzte – nicht verächtlich, sondern amüsiert. Niemand gab ihm eine Antwort, doch es war auch niemand in Trauer um das Tier. Das beruhigte ihn.

»Vielleicht ist es zu viel verlangt, aber wenn mich jemand zum Flughafen fahren könnte, wäre ich verschwunden und maßlos dankbar«, fügte er hinzu. Es bestand die Gefahr, dass Slick dort Männer stationiert hatte, die ihn in einen schwarzen Van zerrten und ihm die Lichter ausbliesen, noch ehe er ein Flugzeug zu Gesicht bekommen hatte. Doch es war eine Chance – seine einzige.

»Er bleibt«, sagte der hübsche Kerl, dessen Anblick er vermied. Seine Stimme sandte einen Schauer über Brennans Rücken, der immer noch in eine Decke gehüllt dastand. Er musste aussehen wie der letzte Dämlack.

»Das hast du nicht allein zu bestimmen«, biss Lorraine.

»Archie, sag doch was«, brummte Kellan genervt.

»Böse Menschen sind hinter mir her«, sagte Brennan, bevor Archie der Forderung nach einer Entscheidung nachkommen konnte. Er musste die Leute warnen, dass er tatsächlich den Ärger bedeutete, den Lorraine an ihm kleben sah.

»Das können wir riechen«, grinste der große Schwarze und als Brennan ihn irritiert ansah, fügte er hinzu: »Deine Angst.«

Lorraine warf ein: »Seine Angst besagt nicht, dass er zu den Guten gehört.«

»Du kannst ihn nicht riechen, Lorraine. Er riecht nach Unschuld«, sagte Santiago mit deutlicher Ungeduld. Er wedelte in Brennans Richtung.

Brennan fragte sich, was es mit seinem Geruch auf sich hatte. So unauffällig wie möglich griff er nach seinem Shirt und zog es zu seiner Nase, um an sich zu riechen. Lediglich ein Spritzer Old Spice. Und vielleicht ein Hauch von Schweiß.

Der Mann mit den braun-türkisfarbenen Augen stieß leise Luft aus und senkte den Kopf. Amüsierte er sich über ihn?

»Ihr macht ihn so nervös, dass er schon an sich selbst schnüffelt«, lachte der Schwarze und klopfte Brennan auf die Schulter. »Foreman, mein Name.«

»Brennan.«

»Müssen wir den Kerl also hierbehalten, nur weil Nikolaj es will?«, fragte Lorraine in Archies Richtung, der immer noch nichts gesagt hatte. Dabei deutete sie auf den attraktiven Mann, der für ihn Partei ergriff.

Er hieß Nikolaj? Wie der Wolf?

»Er bleibt«, wiederholte Nikolaj bestimmt.

»Und warum? Weil er aussieht wie Ryan Gosling?«

Brennan fühlte, wie seine Wangen sich röteten, und stellte sich ganz viele Dinge in Weiß vor. Papier, Schnee – wobei er unfreiwillig an Newcombs Blut dachte und ihm ein Schauer über den Rücken lief –, Vanilleeis. Dabei hielt er seine Miene unter Kontrolle und das Kinn gehoben.

»Weil er uns braucht«, erwiderte Nikolaj mit angespanntem Kiefer. Seine Augen sprühten Funken.

Archie nickte knapp. »Der Fremde bleibt.«

Lorraine stürmte unter gemurmelten Flüchen davon. Der Blonde, vermutlich ihr Ehemann, entschuldigte sich für ihr Benehmen. Für einen Moment sah es aus, als wollte er ihr nachlaufen, aber er blieb und rieb sich die stoppeligen Wangen.

»Dann kommen wir zu den nicht ganz bedeutungslosen Details«, sagte er und reichte Brennan die Hand. »James Pollock.«

Ein weiteres Mal murmelte Brennan seinen Namen.

»Der Wagen, den du zu Schrott gefahren hast, war deiner?«, fragte James.

»Er gehörte einem der Typen, vor denen ich geflohen bin. War sicher gestohlen.«

»Hast du Familie? Freunde, die nach dir suchen?«

»Nein.« Brennan bekam den Eindruck, verhört zu werden. Und James schien geübt darin, jemanden zu befragen.

»Das heißt also, außer den Typen, die hinter dir her sind, um dich abzumurksen, und der Polizei, die kommen wird, um dämliche Fragen zu stellen, wird keiner auftauchen und nach dir fragen?«

»Ich glaube kaum.«

Santiago holte die Springfield hervor und reichte sie James: »Der Tote hat zwei Mal auf ihn geschossen. Beim ersten Schuss habe ich Rinde platzen gehört. Soll ich die Stelle abschaben, um niemanden darauf aufmerksam zu machen, dass eine Waffe benutzt wurde?«

»Zu gefährlich. Lass alles, wie es ist. Auf der Landstraße fährt so gut wie nie jemand. Die werden die Autos erst in ein paar Tagen entdecken. Der Schnee wird bis dahin die Spuren verwischt haben.« James nickte halbwegs zufrieden und sah in die Runde. »Ich rede mit Lorraine. Sie wird sich beruhigen.«

Zusammen mit den beiden Männern, die sich nicht vorgestellt hatten, verließ er das Haus.

Brennan wickelte die Decke enger um sich, als kalte Luft hereinwehte.

»James ist Bulle«, sagte Kellan, als würden jene drei Worte alles erklären, und verzog das faltige Gesicht, während er eine wegwerfende Bewegung mit der Rechten andeutete.

Brennans Kehle verengte sich. Ein Bulle? Dann konnte er bloß hoffen, dass Pollock nicht vorhatte, in dem Dreck zu wühlen, der Brennan in diese missliche Lage gebracht hatte. Obgleich er das Gefühl hatte, den Müll seiner Vergangenheit selbst ausbreiten zu müssen. Seine Beschützer hatten die Wahrheit verdient.

»Lassen wir den jungen Mann sich doch wieder hinsetzen. Lorraine sagt, er hat eine Gehirnerschütterung«, sagte Foreman und geleitete ihn zu einem Barhocker, der vor der Kücheninsel stand.

Brennan nahm Platz und Kellan stellte ihm eine frische Tasse randvoll mit Kaffee vor die Nase, für die er sich bedankte.

»Was zu essen«, wies Nikolaj an und nahm eine andere Stellung ein – beide Hände in den Hosentaschen lehnte er sich neben den Kühlschrank. Von dort aus beobachtete er Brennan, dem unter seinem Blick die Knie weich wurden.

»Ja, Sir, zu Befehl«, spöttelte Kellan, kramte aber ein paar Zutaten hervor und vereinte sie zu einem Sandwich mit Schinken, Käse, einem Salatblatt und Mayo.

Brennan hatte seit Ewigkeiten nichts zwischen die Zähne bekommen und verschlang die Mahlzeit mit großem Appetit.

»Der wurde aber schon lange nicht mehr gefüttert«, grinste Santiago und setzte sich neben ihn.

Archie, offenbar das Oberhaupt der Gemeinschaft, gab ein Seufzen von sich. »Ich bin zu müde hierfür. Wir reden morgen. Seid vorsichtig mit ihm.«

Zu Brennans Überraschung wandte der Alte sich Kellan zu und streifte dessen Lippen mit dem Mund. Bei dem ungewöhnlichen Anblick vergaß Brennan, zu kauen. Er fühlte sich ebenfalls zu Männern hingezogen, hatte aber noch nie einen geküsst, wenn andere Leute dabeigestanden hatten.

»Sag gute Nacht, Kitty, und geh zu Bett«, wies Archie an, ehe er die Küche verließ und die Treppe hinaufstapfte.

Die rothaarige Frau, die kaum zwanzig sein konnte und allem Anschein nach Archies Tochter war, wünschte ihnen lächelnd eine gute Nacht und verschwand in einem Zimmer am Ende des Korridors.

Brennan nahm seine Tätigkeit wieder auf und verspeiste den Rest seines Sandwiches, um sich die Finger zu lecken und Kaffee nachzuspülen. Als er bemerkte, dass Nikolaj ihn immer noch ansah, fragte er sich mit steigender Nervosität, ob er mit Mayonnaise vollgeschmiert war. Er griff nach der Serviette, die Kellan ihm neben den Teller gelegt hatte, und wischte sich den Mund ab.

»Wo wird er schlafen?«, fragte Kellan.

»Er kann bei mir bleiben, wenn er möchte«, sagte Foreman freundlich.

»Das wäre nett, vielen Dank.« Brennan zwang sich zu einem Schmunzeln. Irgendwie war er enttäuscht. Etwas in ihm hatte gehofft, Nikolaj würde ihm einen Schlafplatz anbieten.

»Und morgen erzählst du uns, wer dich kaltmachen will.« Kellan sah ihm ernst ins Gesicht.

»Es wäre besser, ihr würdet mich nicht danach fragen«, murmelte Brennan. »Der Mann ist gefährlich.«

»Wir sind gefährlicher«, grinste Santiago. »Und ich hab das Gefühl, vor allem Nick brennt darauf, die Namen derer zu erfahren, die dir an den Kragen wollen. Ist es nicht so?«

Nikolaj nickte, sagte jedoch nichts. Er schien eher ein stiller Typ zu sein. Ein düsterer, grüblerischer Mann. Gott, und *was* für ein Mann … Brennan schluckte die Erregung hinunter, die sich prickelnd in ihm ausbreiten wollte.

»Du weißt selbst, dass du auf uns angewiesen bist. Darum musst du uns erzählen, was wir wissen müssen, um deinen Hals aus der Schlinge zu ziehen. Klar?«, fragte Kellan mit einem scharfen Unterton.

Brennan nickte nach einem Zögern und rieb sich die Schläfe. Der Schädel tat ihm weh, die Blessuren brannten und an die Wunde an seiner Wade durfte er gar nicht denken. Lorraine war zumindest gnädig genug gewesen, ihn mit Schmerzmittel vollzupumpen, wodurch alles ein wenig dumpf wurde.

»Das ist vorerst genug. Lasst uns schlafen gehen. Oder was auch immer einige von uns heute Nacht zu tun gedenken«, sagte Foreman, warf einen amüsierten Blick in Nikolajs Richtung und tippte Brennan gegen den Oberarm. »Komm, ich mach dir ein Bett zurecht.«

Gehorsam erhob er sich von dem Hocker, legte die Decke darauf und folgte seinem Gastgeber. Bevor er in die kalte Nacht hinaustrat, sah er ein letztes Mal zurück. Nikolaj stand mit vor der Brust verschränkten Armen und gestreckten Beinen an die Theke gelehnt und sah ihn mit schief gelegtem Kopf von unten herauf an, was wie eine verführerische Herausforderung wirkte.

Brennan leckte sich unwillkürlich die Lippen und ließ die Tür hinter sich zufallen.

*

Nachdem Foreman seine Couch in ein Bett verwandelt und Brennan sich im Bad frisch gemacht hatte, saßen sie in dem kleinen Wohnraum beisammen, der mit einem Fernseher und einem alten Plattenspieler ausgestattet war.

Foreman spielte auf einer Mundharmonika und ließ die Atmosphäre gemütlicher werden, als sie es in Anbetracht der Umstände sein sollte. Brennan war ihm dankbar. So konnte er verdrängen, dass Slick und dessen Männer hinter ihm her waren. Und dass er fast den Löffel abgegeben hätte, um den Radieschen von unten beim Wachsen zuzusehen. Er konnte sogar die Bilder verscheuchen, die Newcomb mit durchgebissener Kehle zeigten. Seine einzige Furcht war im Augenblick, dass er aufwachen und erkennen könnte, dass er sein Entkommen bloß geträumt hatte und längst in irgendeinem Hinterzimmer an ein Rohr gekettet war. In was für eine verdammte Scheiße hatte er sich geritten?!

Er schnaubte und rief sich in Erinnerung, was sein Vater stets gesagt hatte. »Pass auf, was du tust, Brennan. So gerissen, wie du glaubst, bist du nicht. In deiner Dummheit und Arroganz wirst du dich irgendwann in so große Schwierigkeiten bringen, dass du draufgehst.«

Tja, er war noch hier, sein Dad nicht mehr. Allzu sehr getrauert hatte er nicht um den Mann. Er hätte gerne ein paar Tränen vergossen, aber es war ihm nicht gelungen. Nicht nach all den Jahren, in denen sein Vater ihn wie Scheiße behandelt hatte. Nicht nach den Streitigkeiten, dem Gift in seinen Worten und den Prügeleien, die er lieber mit Gleichaltrigen ausgefochten hätte anstatt mit seinem besoffenen Vater.

Das Mundharmonikaspiel verstummte und Foreman lachte: »Du hast tatsächlich Ähnlichkeiten mit Ryan Gosling, weißt du das?«

Brennan lachte ebenfalls. »Danke. Schätze ich.« Er nutzte aus, dass Foreman mit ihm plaudern wollte: »Warum wohnt ihr alle hier draußen? So weit weg von … allem.«

»So weit weg sind wir gar nicht von allem. Das Städtchen liegt gleich hinterm Hügel im Osten. Das hast du nur nicht gesehen, weil sie dich von Westen hergebracht haben.«

Das war keine Antwort auf seine Frage, aber Brennan war zu erschöpft, um weiter nachzuforschen und Foreman etwas aus der Nase zu kitzeln, was dieser offensichtlich für sich behalten wollte.

Vor dem Fenster fiel der Schnee. Würde er je aufhören, aus den Wolken zu fallen?

Das Licht an Foremans Veranda ging an und Brennan ließ seinen Blick schmal werden, um besser sehen zu können. Der Wolf rollte sich vor der Haustür zu einem Bündel zusammen. Er trug keinen Verband, doch sein dichtes, grau-weißes Fell war frei von Blut.

Foreman steckte sein Instrument weg. »Er passt auf dich auf.«

Brennan grinste schief. »Hab schon vieles in anderen Lebewesen geweckt, aber ganz sicher noch nie Beschützerinstinkt.«

»Herzlichen Glückwunsch, das hat sich heute Nacht geändert.«

»Wem gehört er? Ich meine … gehört er einem von euch? Ist er *zahm*?«

»Zahm?« Foreman gab ein brummendes Lachen von sich. »So würde ich das nicht nennen. Ich hau mich aufs Ohr, das Alter lässt einen schneller müde werden als früher. Schlaf gut.«

»Gute Nacht.« Brennan sah zu, wie der große Mann leicht gebückt aus dem Raum ging. »Und vielen Dank«, rief er ihm nach.

»Nichts zu danken.«

3

Das Grau des nahenden Morgens erstreckte sich vor dem Fenster, unter dem er versucht hatte zu schlafen. Verständlicherweise hatte er kaum ein Auge zugemacht. Als er einmal kurz eingenickt war, hatte er Slicks Visage vor sich gesehen und war schweißgebadet aufgewacht, bevor sein Gegenüber den Abzug drücken konnte.

Er setzte sich auf und rollte die Schultern, um die Anspannung darin loszuwerden, aber sie war zu hartnäckig. In seinem Nacken knackte etwas, als er den Kopf kreisen ließ. Stöhnend fuhr er sich durchs Haar und kam auf die Knie, um die Unterarme auf dem Fensterbrett ruhen zu lassen.

Das kleine Dorf schlief noch. Zumindest machte es den Anschein. Nirgendwo brannte Licht. Die Holzhäuser bildeten einen Kreis, wie sie so auf der Lichtung verteilt standen. Im Westen befanden sich jene zwei Hütten, zwischen denen sie durchgekommen waren, als man ihn hergebracht hatte. Archies Haus war das größte von allen und lag ihm gegenüber. Neben Foreman befand sich das Haus der Brüder. Er hatte sie im Fenster gesehen, als er seinem Gastgeber gefolgt war.

Er spähte nach Osten und erblickte eine weitere Hütte mit einer winzigen Veranda samt Holzbrüstung. Hinter den Bäumen stehend wirkte das Häuschen, als wollte es sich verstecken. Die niedrige Höhe des Daches verstärkte den Eindruck. Es sah aus, als würde die Hütte sich schüchtern ducken. Brennan bemerkte das schwache Licht in einem der Fenster. Gleich darauf ging es aus und er fragte sich, ob er es sich in seiner Schlaftrunkenheit eingebildet hatte.

Nein, hatte er nicht.

Die Tür öffnete sich und Nikolaj trat heraus. Brennans Zungenspitze schnellte hervor. Nicht zuletzt, weil sich der Mann trotz der Kälte mit freiem Oberkörper präsentierte. So erkannte er, dass nicht bloß Nikolajs Gesicht eine Augenweide war. Er war hübsch, feine Muskeln definierten die unbehaarte Brust und den flachen Bauch. Eine frische Wunde – ein glatter Schnitt – zierte seine Seite und schimmerte, als wäre sie mit Flüssigpflaster behandelt worden. Sie befand sich an jener Stelle, an der Newcomb den Wolf getroffen hatte. Er verdrängte diesen Unsinn.

Nikolaj streckte sich, dehnte seine sehnigen Arme und ließ Brennan das Wasser im Mund zusammenlaufen. Er ging so nah an die Scheibe ran, dass er sie anhauchte und eilig mit dem Ärmel abwischen musste, um nichts zu versäumen. Seine Lenden kribbelten. Das Geländer versperrte ihm die Sicht auf Nikolajs Unterleib. Der Kerl würde doch hoffentlich nicht nackt sein? Wollte er sich mit aller Gewalt eine Lungenentzündung holen?

Brennan konnte sich keine weiteren Gedanken um Nikolajs Gesundheit machen, da ihm der Atem geraubt wurde, als ihre Blicke sich trafen.

Nikolajs Augen waren türkis. Wie die des Wolfes, der ihn gerettet hatte. Waren sie gestern nicht braun gewesen? Mit einem Schimmer Türkis. Nun war es mehr als das. Brennan war überwältigt. Von jenen einzigartigen Augen und dem Mann, dem sie gehörten. In seinem Bauch und seiner Brust zog sich alles zusammen.

Nikolajs Miene schien merkwürdig ausdruckslos und doch lag in seinen Zügen eine sichtbare Begierde. Er wandte sich ab. In einer geschmeidigen Bewegung sprang er über die Brüstung seiner Veranda, aber als seine Füße den Boden berühren sollten, waren es die Pfoten eines Wolfes, die im Schnee aufkamen.

Schwankend und mit einem Keuchen klammerte Brennan sich am Fensterbrett fest und presste die Stirn gegen das Glas. Er musste träumen, fühlte sich jedoch hellwach. Er blinzelte. Das anmutige Tier schüttelte sich das Fell auf, sah noch einmal zu ihm hoch und galoppierte in den Wald.

Brennan schnappte nach Luft und ließ sich auf die Couch zurückfallen.

War er irre geworden? Es musste so sein. Immerhin konnte das Gesehene nur eine Halluzination sein. Sein zittriges Lachen kam aus dem Nichts. Er hatte bloß schlecht geschlafen. Das war alles.

Mit einem Kopfschütteln griff er nach seiner Sporttasche und öffnete den Reißverschluss. Er zog eine Flasche Duschgel und seinen Rasierer hervor, ehe er frische Klamotten herausfischte. Darunter kam der braune Umschlag zum Vorschein. Prall gefüllt mit Dollarscheinen, die nicht ihm gehörten. Reue erfasste ihn und Scham brannte ihm die Kehle empor.

Er stopfte das Ding so tief in seine Tasche, wie es ging, und zog den Reißverschluss über seinem schmutzigen Geheimnis mit Gewalt zu.

*

Ungebändigt rannte er durch den Wald. Schnell wie der Morgenwind flog er über den Waldboden hinweg, seine Pfoten berührten kaum die Schneedecke unter ihm. Er fühlte sich, als würde er schweben. Er fühlte sich frei.

Seine Atemzüge passten sich den Galoppsprüngen an und stoben als kleine Wolken aus seinem Maul. Der morgendliche Lauf machte ihm für gewöhnlich den Kopf frei, doch ausgerechnet jetzt schien er darin zu versagen, ihm die Gedanken an diesen verdammten Brennan aus dem Schädel zu pusten.

Das Verlangen ließ sich nicht vertreiben. Das Begehren, das heiß in seinem Körper loderte und ihn davon hatte träumen lassen, mit Brennan ins Bett zu gehen. Oder wo auch immer der Mann es gerne trieb.

Der Kerl war verboten sexy mit den muskulösen Armen und dem durchtrainierten Körper. Mit seinen dunkelblonden Haaren und den grünen Augen. Und einem Lächeln, das anständig und verlockend zugleich war.

Bestimmt verstieß Brennan gegen irgendein blödes Gesetz, indem er derart attraktiv war und ihn aus der Reserve zu locken drohte. Ja, ganz sicher. James hätte ihn verhaften sollen!

In einem Sprung schüttelte er sich.

Er hatte den Fremden bloß beschützen wollen. Hatte dessen Angst meilenweit gegen den Wind gerochen. Und den unerschütterlichen, kämpferischen Mut, der sie begleitet hatte. Ohne darüber nachzudenken war er ihm zu Hilfe geeilt.

Dabei hatte er nicht geahnt, was dieser Kerl in ihm auslösen würde.

Inzwischen wusste er, dass Brennan nicht bloß nach Angst und Mut duftete, sondern auch nach Versuchung. Pur und unverdünnt.

Er wurde schneller, donnerte zwischen Baumstämmen hindurch, über Wurzeln hinweg, wirbelte den Schnee auf.

Wie ein Irrer preschte er voran, bis er den Abhang erreichte und zum Innehalten gezwungen war. Schwer atmend betrachtete er den Himmel, auf den die Sicht nun frei war, da sich keine Baumwipfel mehr über ihm befanden. Trotzdem sah er weder die Wolken noch die aufgehende Sonne. Er sah nur ein Schmunzeln vor sich, das ihm den Verstand geraubt hatte.

Hechelnd stand er an der Klippe und versuchte, zu Atem zu kommen. Er war erschöpft, seine Begierde aber wie frisch entfacht. Es machte nicht den Anschein, als würde die Glut bald verlöschen.

✷

Musik aus den 70ern dröhnte Brennan entgegen, als er hinter Foreman aus der klirrenden Kälte in Archies Küche trat. Kellan summte einen Smokie-Song mit und bewegte die Hüften im Takt. Er hatte ihnen den Rücken zugewandt und machte sich am Ofen zu schaffen. Wohl, um das von Foreman versprochene beste Rührei des Bundesstaates zuzubereiten.

Archie deckte den Tisch. Als er Brennan musterte, vertrieb er das Lächeln, das eben noch seine Lippen umspielt hatte. »Setzt euch.«

Brennan tat, wie ihm geheißen, und fragte sich, ob ihm erneut eine solche Versammlung wie letzte Nacht bevorstand. Er wusste nicht, wie er sie nervlich überstehen würde. Nachdem er sich schon einbildete, dass Nikolaj sich in einen Wolf verwandelte, war anzunehmen, dass seine Nerven bereits ein klein wenig angeschlagen waren.

»Wie habt ihr geschlafen?«, fragte Archie, während er Teller aus einem Schrank holte. Er stellte den Stapel auf den Tisch und schob einen nach dem anderen an seinen Platz.

»Herrlich. Einfach herrlich«, grinste Foreman spöttelnd und streckte sich, um zu beweisen, wie verdammt gut er geschlafen hatte.

Brennan lachte verstohlen. »Hab kein Auge zugetan«, antwortete er, obwohl er bezweifelte, dass es Archie interessierte.

»Das wird noch eine Weile so weitergehen. Die Bullen werden in ein paar Tagen aufkreuzen und Fragen stellen.« Es klang wie ein Vorwurf. »Wir müssen dich versteckt halten.«

Brennan nickte. Ganz gleich wie Archies Tonfall klang – er war ihm dankbar.

»Nach dem Frühstück setzen wir uns zusammen und bereden die Lage«, schloss er die kleine Predigt.

»Jetzt lasst uns essen«, brummte Kellan und drängte sich an Archie vorbei, um ihnen großzügig Rührei aufzutun.

Kitty kam in die Küche – mit zerzaustem Haar, herzhaft gähnend und in einem Morgenmantel, der ihr halb von der rechten Schulter rutschte.

»Anstand wahren, Stiefkind«, ermahnte Kellan bissig, aber mit einem Lächeln, während Archie schwieg und abwechselnd Brennan und seine Tochter missbilligend musterte.

Kitty grinste verschämt und zog sich den Stoff über die nackte Haut.

»Morgen.«

Brennan fuhr herum und erblickte Nikolaj, der sich mit einer Hand durchs Haar strich, während er die Tür hinter sich in die Angeln fallen ließ. Seine Augen waren erneut in Braun getaucht und das Morgenlicht war zu zurückhaltend, um sie türkis schimmern zu lassen. Der Beweis, dass Brennan unter Halluzinationen litt. Er starrte Nikolaj an. Sein Blick wurde ohne Unterbrechung erwidert. Ihm wurde heiß und er leckte sich die Lippen, als Nikolaj ihm gegenüber Platz nahm. Jede seiner Bewegungen war geschmeidig.

»Morgen, Welpe«, sagte Kellan, stellte einen Korb mit Gebäck in die Mitte des Tisches und ließ sich auf den Stuhl neben Archie fallen.

»Guten Morgen, Nikolaj«, murrte Archie, der den Vorsitz übernommen hatte. »Deine kleine Vorführung heute Morgen hat mir nicht gefallen.«

»Weiß nicht, wovon du redest.« Nikolaj griff nach einem Brötchen und schob sich eine Gabel voll gut gesalzenem und gepfeffertem Rührei in den Mund. Beim Kauen wanderte sein Blick zu Brennan, der sofort das Gefühl hatte, keinen Bissen mehr seine Kehle hinabzwingen zu können.

Archie seufzte und widmete sich dem Frühstück. Foreman lachte.

Kitty zerpflückte eine Scheibe Schwarzbrot über ihrem Rührei. »Nick, ich hab 'ne neue Liste gemacht. Santiago und ich fahren in die Stadt, da nehm ich mir selbst ein paar Sachen mit.«

Nikolaj zuckte mit den Schultern. »Brennan?«

Gott, wie er meinen Namen sagt. Er wurde hart. »Ja?«, fragte er kratzig.

»Ich erledige die Einkäufe für alle. Wenn du was brauchst, musst du es mir bloß aufschreiben und ich besorg's dir.«

Zweideutiger wäre es nicht gegangen, oder? »Geht klar. Danke.«

Foreman grunzte erheitert in sein Rührei.

»Kitty, ich glaube, du kannst deine Schulter in dieser Gesellschaft ohne Bedenken zeigen«, sagte Kellan mit vollem Mund und führte eine Tasse zum Mund, die wirkte, als könne sie einen ganzen Liter Flüssigkeit fassen.

Nikolaj grinste Brennan an und zeigte ihm seine weißen Zähne. Brennan wollte sie über seine Haut schrammen spüren. Die Sehnsucht löste Gänsehaut aus und die Härchen an seinen Armen stellten sich auf. Nikolaj schien das nicht zu entgehen. Seine Miene wurde weich, während sein Blick Brennans Arme streifte. In seinen Augen blitzte etwas auf. Sie wurden so dunkel, dass sie schwarz wirkten. War es Verlangen, was die anziehende Veränderung auslöste? Aufregung erfasste Brennan. Vielleicht würde sich ja etwas ergeben …

»Was machst du beruflich, Brennan?«, fragte Kitty und riss ihn aus den fiebrigen Fantasien, auf welche Arten er es mit Nikolaj treiben konnte.

»Sollten wir diese Frage stellen, nachdem er von einem Verbrecher angegriffen worden ist?«, warf Archie missmutig ein, wurde aber übergangen.

»Das würde mich auch interessieren«, pflichtete Kellan ihr bei und sah Brennan derart durchdringend an, dass er sich zu einer Antwort genötigt fühlte.

»Ich habe in der Werkstatt meines Dads gearbeitet. Er hat sich auf die Reparatur von Schrottkarren spezialisiert.« Brennan zuckte mit den Schultern. »Ich kann gut mit Werkzeug umgehen, allerdings nicht auf die Art, wie mein Vater sich das vorgestellt hatte.«

Kitty hob die Augenbrauen, die ebenso rot waren wie ihr Haar. »Was soll das heißen?«

»Die Typen, die hinter mir her sind ... Ich hab für sie gearbeitet.«

»Als was?«, fragte Nikolaj.

»Slick nannte mich seinen Goldjungen. Die anderen Safecracker«, erzählte Brennan und hörte den Stolz aus seiner eigenen Stimme heraus. Ihm war klar, dass er sich nicht mit Ruhm bekleckert hatte. Aber seine Tätigkeit unter Slicks Hand war das Einzige, das ihm jemals Anerkennung eingebracht hatte.

»Du knackst Tresore?« Kitty klappte der Mund auf. Ihr Vater legte ihr zwei Finger unters Kinn und schloss ihn.

Brennan nickte.

»Krass«, grinste Kitty, während die anderen still wurden.

Die Stille breitete sich aus und Brennan verfluchte sich dafür, das Maul so weit aufgerissen zu haben. Würden sie ihn fortjagen und ihn seinem Schicksal überlassen? Sein Mund wurde trocken.

»Kennen die Bullen dein Gesicht?«, wollte Nikolaj wissen, die Miene wieder so düster und grimmig wie zuvor. War er wütend auf ihn? Menschlich enttäuscht? Hatte er erwartet, Brennan wäre ein ehrlicher Mann, etwas Besseres als ein Verbrecher?

»Nein. Slick hatte eine besondere Herangehensweise. Er wagte sich nie an etwas so Großes ran, das er nicht mitnehmen konnte. Seine Leute haben die Safes geklaut und zu mir in die Werkstatt gebracht, wo ich mich darum gekümmert habe.«

»Warum sind sie hinter dir her?«, fragte Nikolaj.

»Längere Geschichte.« Einen Versuch war es wert, auch wenn er nicht wirklich glaubte, damit davonzukommen.

Nikolaj tauschte einen flüchtigen Blick mit Archie aus und legte das Besteck beiseite, um sich zurückzulehnen. »Wir haben Zeit.« Er hatte die Führung des Gesprächs übernommen, die wohl eigentlich Archie zustand, aber der beschwerte sich nicht.

Brennan ließ ebenfalls die Gabel sinken. Ein kurzes Klappern verriet das Zittern seiner Hand. »Mein Dad hat vor ein paar Monaten den Löffel abgegeben und die wenigen Kunden, die ihm zuliebe ihre Wagen bei ihm haben richten lassen, sind nach und nach ausgeblieben. Slick war nicht besonders großzügig mit meinem Lohn für die Drecksarbeit. Und da hab ich ...« Er senkte den Kopf.

»Angefangen, diesen Slick zu beklauen?«, schlug Nikolaj vor.

»Das klingt unklug«, sagte Foreman und runzelte die Stirn.

»Was klingt denn daran unklug?«, fragte Kellan. »Immerhin hat er den Hauptteil der Arbeit für den Ganoven erledigt. Jedem seinen Anteil. Unklug war nur, dass er sich erwischen hat lassen.«

Kitty hatte sich vorgebeugt und die Unterarme auf dem Tisch verschränkt. Ihre Augen waren geweitet und leuchteten. Die Gangstergeschichte schien ihr zu gefallen. Aber Nikolaj gefiel sie nicht.

»Wie ist er dahintergekommen, dass du ihn bestiehlst?«, fragte er dunkel.

»Ehrlich gesagt hab ich nicht die leiseste Ahnung«, schnaubte Brennan, weil er sich schon den Kopf darüber zerbrochen hatte. »Ich war nicht gierig, hab immer nur kleine Beträge für mich behalten, aber als Newcomb mich gestern vor meinem Apartment abgefangen hat, hat er von Verrat gesprochen. Da war mir klar, dass Slick hinter mein falsches Spiel gekommen ist.«

»Woher bist du gekommen?«

»Aus der Werkstatt. Ich hab einen kleinen Safe geknackt und mir was zurückbehalten. Dann hab ich mir ein Bier aufgemacht und ein wenig Zeit verstreichen lassen. Einer von Slicks Männern hat den Safe geholt und ihn samt Inhalt zum Boss gebracht. Da müssen sie bemerkt haben, dass was fehlt.«

»Wie sollen sie das bemerkt haben? Er wird wohl kaum wissen, wie viel Geldscheine sich in einem Safe befinden, der nicht ihm gehört«, brummte Archie und fuhr sich mit den knochigen Fingern durch den Bart. Seine Haare waren zu einem schmalen Zopf gefasst und fielen ihm über die rechte Schulter.

»Seltsam, dass es ihm überhaupt etwas ausmacht«, sagte Nikolaj. »Wenn er nicht viel zahlt, deutet das darauf hin, dass ihm klar ist, dass du dich selbst bedienst.«

Brennan konnte nur mit den Schultern zucken. Wie gesagt hatte er keinen blassen Schimmer, wie alles so weit hatte kommen können. *Weil du nicht genug Grips hast, um so einen Coup durchzuziehen*, flüsterte ihm sein toter Vaters ins Ohr.

»Wie bist du entkommen, wenn der Mann schon vor deiner Wohnung stand?«, fragte Kitty und gierte nach einer wilden Story.

»Ich hab mich in den Wagen von einem der Kerle geschmissen, die Newcomb begleitet haben. Der Typ war wohl am Hintereingang des Hauses abgestellt und hat den Schlüssel stecken gelassen. Das machen die alle.«

Nikolaj sah ihn durchdringend an. »Newcomb hat dich verfolgt und dich von der Straße abgedrängt, um es zu Ende zu bringen. Hat Slick den Auftrag gegeben, dich umzubringen?«

Brennan korrigierte ihn nicht. Es brauchte niemand zu wissen, dass er selbst für den Unfall verantwortlich gewesen war. »Ich glaube kaum. Wenn Slick mich tot sehen wollte, läge ich längst irgendwo mit einer Kugel im Herzen oder einem Loch zwischen den Augen. Ich denke, er hat Anweisung gegeben, mich zu ihm zu bringen, um mich noch mal zu befragen.« Auf die beschissen kumpelhafte Art, die Slick Sonny Hard an sich hatte. »Dann hätte er mir ein langes, zähes Ende bereitet. Aber Newcomb hat die Nerven verloren und wollte mir heimzahlen, dass ich ihn vorgeführt habe, indem ich ihm fast entwischt wäre.« Brennan machte eine Pause und stieß in einem freudlosen Lachen Luft aus. »Ich hatte ihn schon abgeschüttelt. Auf der verdammten Landstraße war er plötzlich wieder hinter mir. Keine Ahnung, wie er das geschafft hat.«

»GPS«, erklärte Nikolaj ganz selbstverständlich.

Foreman seufzte mitleidig. »Nicht besonders helle, im Auto eines Verbrechers herumzufahren, wenn dir jemand von denen auf den Fersen ist.«

Brennan fühlte, wie er vor Scham rot anlief. »I-ich dachte, der Wagen sei gestohlen. Ich hatte ihn zuvor noch nie gesehen.« Ehrlich gesagt hatte er keinen verfickten Gedanken daran verschwendet, dass sie ihn orten könnten. Er war nur heilfroh gewesen, als Newcombs Karre nicht mehr an seiner Stoßstange klebte. Er hatte um sein Leben gefürchtet und dabei das Hirn ausgeschaltet.

Nikolaj stöhnte in seine Hände. »Das heißt auch, dass sie wissen, wo der Wagen ist.«

Panik stieg in Brennan auf. »Vielleicht auch nicht. Nicht, wenn Cops in der Nähe sind.« Man nahm keine Notiz von seinem Einwurf.

Archie sah Nikolaj an und fragte: »Er ist deine Verantwortung. Was gedenkt du zu tun?«

»Ich weiß es noch nicht.«

Brennan wollte erneut anbieten, dass man ihn zum Flughafen bringen konnte, doch er hielt den Mund. Die Wahrheit war, dass er nicht fort wollte. Noch nicht. Er wollte Slicks Männern nicht alleine gegenübertreten, sich dem Feind nicht einsam stellen müssen. Und dann war da noch der Umstand, dass es ihm gefiel, in Nikolajs Nähe zu sein. Selbst wenn dieser ihm, wie jetzt, mürrische Blicke zuwarf und es gar nicht mehr danach aussah, als würde er mit ihm ins Bett steigen wollen.

»Vielleicht sagen wir Lorraine und den Smith-Brüdern nichts hiervon«, schlug Kellan vor, nachdem er sich das letzte bisschen Rührei in den Mund geschoben hatte. »Braucht ja keiner zu wissen. Der Welpe kümmert sich drum und wir greifen ihm ein wenig unter die Arme, wenn's sein muss.«

»Was ist mit Santiago?«, fragte Kitty mit angezogenem Knie, auf das sie ihr Kinn bettete. Die Vorstellung, den Latino unbehelligt zu lassen, sagte ihr nicht zu. Ihr Tonfall und die in Falten gelegte Stirn ließen daran keinen Zweifel.

Archie rollte mit den Augen. »Ich nehme an, du kannst sowieso kein Geheimnis vor ihm bewahren. Er soll auch mit James darüber reden.«

»Mit dem Cop, dessen Frau mich hasst?«, fragte Brennan. Sein schräges Grinsen fühlte sich falsch an und würde seine Unsicherheit kaum verbergen.

»James weiß, wo seine Loyalität zu liegen hat«, erwiderte Archie.

»Er kennt mich nicht. Warum sollte er mich decken?«

»Ich dulde deine Anwesenheit und du stehst unter Nikolajs Schutz, also wird James dich wie einen von uns betrachten, solange du hier bist.«

»Ich fahr los«, murmelte Nikolaj und erhob sich, um einen Zettel vom Kühlschrank zu nehmen, der mit einem Magneten in Form der Golden Gate Bridge befestigt gewesen war. Dann ging er aus dem Haus.

Brennan bemühte sich, die Emotionen zu unterdrücken, die ihm die Kehle emporkrochen und ihm die Eingeweide auswrangen.

»Jetzt lasst ihn essen, bevor alles kalt wird«, sagte Foreman und schenkte ihm ein ermutigendes Lächeln über den Tisch hinweg.

*

Rücksichtslos jagte er den Pick-up – einen Ford Ranger Wildtrak – den Hang hinunter. Die Reifen verloren hin und wieder den Grip, ehe sie etwas fanden, woran sie sich klammern konnten. Der Kies, der die Straße markierte, war unter der dichten Schneedecke verborgen und bot kaum Halt.

Der Wagen gehörte Kellan. Nick nutzte ihn immer zum Einkaufen.

Als der Untergrund befahrbarer wurde, nahm er die Linke vom Lenkrad, stützte den Ellbogen an den Fenstervorsprung und kaute an seinen Fingerknöcheln.

Sollte er den Mistsack namens Slick aufspüren?

Was dann? Ihn töten?

Wäre das Problem damit gelöst oder würden andere Kerle kommen?

Er wollte sich die Werkstatt ansehen, in der Brennan mit seinem Vater und dann allein gearbeitet hatte. Mit Sicherheit wurde der Laden jedoch überwacht und man würde ihm entweder Ärger machen, wenn er dort auftauchte, oder ihn verfolgen. Somit hätte er die Arschlöcher direkt zu Brennan geführt. Er verwarf den Einfall.

Geduld war keine seiner Stärken, aber angebracht. Bis die Bullen den verunfallten Wagen entdeckt und danach gefragt hatten, musste er die Füße stillhalten. Erst musste er die Polizei vom Hals haben. Anschließend konnte er sich darum kümmern, die Angelegenheit aus der Welt zu schaffen. Auf die eine oder andere Weise.

Seine Finger trommelten auf das Lenkrad. Irgendetwas machte ihn nervös und es war zur Ausnahme nicht der Gedanke an Brennan. Die Aasgeier in seinem Kopf kreisten um das GPS-System des verwanzten Wagens. Sie hatten Brennans Aufenthaltsort ausfindig machen können. Durch Ortung.

Eine Eingebung ließ ihn in die Eisen steigen, dass er fürchtete, die Räder des Pick-ups würden sich im Schnee festfressen. Er schmiss den Rückwärtsgang ein, gegen den das Getriebe lautstark protestierte, und legte den Arm um die Lehne des Beifahrersitzes, um nach hinten blicken zu können. Er raste den Hang hinauf.

Schlitternd fuhr er auf die Lichtung und kam gerade noch rechtzeitig zum Stehen.

Eine Sekunde später und er hätte Foremans Hütte niedergerissen.

»Bist du irre? So schindest du meinen guten Wagen?!«, rief Kellan ihm von der Veranda seines Hauses zu. Pfeifenrauch kam in einem Schwall aus seinem Mund, der zu einem Grinsen verzogen war.

Nick sprang aus dem Pick-up. »Sein Handy! Er soll mir sein Handy geben! Schnell! Wo ist er, verdammt noch mal?«

Brennan tauchte hinter Kellan auf und brachte Nicks Puls allein mit seiner Existenz durcheinander. Hatten sie ihn von der Küche aus kommen gehört?

Irritiert zog Brennan sein Handy aus der Tasche und reichte es ihm über das Geländer hinab. Ihre Finger berührten sich zufällig und Nick gab ein Knurren von sich, während sich die Adern in seinem Körper in Leitungen für Starkstrom verwandelten. In ihm surrte es, Blitze schlugen ein. Brennan schien es ähnlich zu gehen, denn er umfasste seine Rechte mit der Linken und strich kaum merklich über die Stellen, an denen sich ihre Haut getroffen hatte.

»Was ist damit?«, fragte Kellan.

»Ich bring es weg«, erklärte Nick. »Dann glauben sie, er hat den kaputten Wagen stehen gelassen und ist getrampt. Oder hat noch ein Auto gestohlen oder was auch immer. Zumindest werden sie ihn dann nicht hier vermuten.«

»Ich komme mit«, sagte Brennan.

»Auf keinen Fall«, fuhr Nick ihn an. »Sie könnten mich verfolgen.«

»Gerade deswegen.«

»Es ist gefährlich!«, schleuderten sie sich wie aus einem Mund entgegen.

Nick knirschte mit den Zähnen. »Für mich nicht. Sie wissen nicht, wer ich bin. Ich werd das Handy los, bevor sie mich kriegen. Aber wenn sie dich sehen, ist es aus.«

»Geh schon, ich halt ihn auf«, lachte Kellan mit der Pfeife zwischen den Lippen und legte die Arme um

Brennans breiten Oberkörper. Kein angenehmer Anblick.

»Piss mir nicht ans Bein, Kell«, fauchte Nick, machte kehrt und eilte zum Wagen, der mit laufendem Motor im Schnee stand.

»Nikolaj!«, rief Brennan ihm hinterher.

»Es heißt Nick!« Er knallte die Tür zu und trat aufs Gas, ohne einen Blick zurückzuwerfen. *Scheiße, warum will ich ihn so sehr?*

Wenig später schoss er zwischen den Bäumen auf die Landstraße hinaus, das Handy immer noch in der Hand. Es schien ein Loch in sein Fleisch zu brennen. Aus einem irrsinnigen Impuls heraus wollte er die Kontakte durchsehen, um zu prüfen, ob er vielen Männernamen begegnen würde. Oder vielen Frauennamen. Ob er vielleicht gar auf einen liebevoll ausgewählten Kosenamen stoßen würde.

Aber so was tat man nicht und er warf das verfluchte Ding auf den Sitz neben sich, um sich nicht in Versuchung zu führen.

Brennan hatte behauptet, es gäbe niemanden, der nach ihm suchen oder ihn als vermisst melden würde. Somit war zwar nicht auszuschließen, dass er ein Player war, doch immerhin schien es keinen festen Partner in seinem Leben zu geben.

»Vertreib ihn doch mal für zehn Minuten aus deinen Gedanken und sorg dafür, dass sie ihn nicht ins Gras beißen lassen«, schlug er sich selber vor und griff nach seinem Telefon.

Es klingelte fünf Mal, bevor sie sich meldete. Ihre Stimme war rau und sie kaute hörbar Kaugummi. »Nick?«

»Saint, ich brauch deine Hilfe. In zwei Stunden an der Brücke.«

»Geht klar.«

Damit war das Gespräch beendet. Er drehte *Def Leppard* lauter und ließ den Wagen um eine Kurve schlingern, bevor er mit Hilfe der Handbremse um die nächste driftete und mit 90 mph über die Landstraße bretterte. Schneebedeckte Bäume zogen rasant an ihm vorbei, während sich der wolkenlose Himmel über ihm kaum vom Fleck zu bewegen schien.

*

Nach dem Frühstück zog Archie sich in sein Arbeitszimmer zurück, welches Kitty als Höhle eines alten Brummbären nur ohne den Gestank beschrieben hatte. Archie war Mathematiker und hatte an der Universität unterrichtet. Seit seiner Pensionierung arbeitete er an einem ungelösten Problem der Mathematik. Offenbar gab es dafür einen Preis zu gewinnen. Brennan verstand weder was von Zahlen noch von dieser *Riemannschen Hypothese*, von der Archie gesprochen hatte. Er wusste bloß, wie man die Zahlenkombinationen eines Safes überging, indem man ihn mit dem richtigen Werkzeug knackte. Von Dingen, die Intelligenz erforderten, hatte er keinen Schimmer. Klang das selbstmitleidig?

Kitty und Kellan bereiteten sich auf einen Ausflug nach dem Mittagessen vor. Kellan wollte Kitty beibringen, die Fährte eines Tieres aufzunehmen. Archie schien nicht begeistert, hatte aber nach einem Blick auf Brennan mit seiner Meinung hinter dem Berg gehalten. Sie stand ihm allerdings ins Gesicht geschrieben.

Während Brennan mit Foreman zu dessen Haus trottete, fragte er: »Muss ich mich eigentlich dauerhaft versteckt halten? Archie hat sowas angedeutet.«

»Nein, nicht unbedingt. Santiago übernimmt die erste Wachschicht und wird uns früh genug warnen, sollte sich jemand nähern. Du kannst dich also frei bewegen, würde ich meinen.«

»Ihr bewacht das Gebiet? Macht ihr das immer oder nur wegen mir?«

Foreman lachte sein herzliches, sympathisches Lachen. »So viel Mühe machen wir uns nur wegen dir.«

Brennan überlegte kurz. »Ist es dir recht, wenn ich einen Spaziergang mache? Bloß ein wenig um die Häuser rum.«

»Mach nur. Ist mir schon klar, dass du nicht 24 Stunden mit einem alten Mann verbringen willst«, grinste Foreman und stieg die knarzenden Stufen seiner Veranda hoch. »Die Tür steht dir jederzeit offen.«

Brennan sog die kalte Januarluft in seine Lungen und vertrat sich die Beine, während er sich mit der kleinen Ansammlung aus Hütten vertraut machte.

Zuerst begutachtete er den Fuhrpark im Osten, von dem aus ein schmaler Weg durch die Bäume den Hang hinunter führte. Nicks Reifenspuren waren deutlich zu erkennen, vermischten sich aber mit denen einiger anderer Fahrzeuge.

Ein schwarzer, neu aussehender Mercedes-Benz der G-Klasse mit einer dicken Schneehaube stand neben einem dunkelblauen, alten Jeep und einem roten Toyota Camry. Ihnen gegenüber parkten zwei Pick-ups. Drei Stellen, an denen über Nacht Autos gestanden haben mussten, waren frei.

Hinter dem Haus der Smith-Brüder hörte er das Schlagen einer Axt auf Holz.

Das Häuschen, das Lorraine und James bewohnten, lag in völliger Dunkelheit, hinter den Fenstern rührte und regte sich nichts. Zumindest glaubte er das und war überrascht, als eine braun-getigerte Katze aufs Fensterbrett sprang und ihn neugierig beobachtete, bis die Schnur des Vorhangs interessanter wurde.

Santiagos Zuhause war klein, doch so gepflegt, als würde ein Großmütterchen darin wohnen. Auf den hölzernen Stufen zur Tür hinauf standen zwei Pflanztöpfe mit Nadelbäumchen, die mit Christbaumschmuck behängt waren. Das Fensterglas war mit Schneespray verziert, das im Sonnenlicht glänzte. Die Bretter waren frisch mit Lasur eingelassen.

Brennan wanderte um Archies und Kellans Haus herum und bewunderte die aufwendige Bauweise. Durch die Verwendung von Rundholz wirkte es skandinavisch, während der Architekturstil südstaatlich anmutete.

Er kam zu der kleinsten Hütte, die Nikolaj – Nick – gehörte und wagte sich nicht näher als zehn Schritte an sie heran. »Was ist, Trottel? Hast du Angst, der Wolf könnte auftauchen und dich in Stücke reißen?«, verspottete er sich und schnitt eine Grimasse. Dann dachte er an den Moment, in dem sie sich unabsichtlich berührt hatten, und spürte ein Prickeln auf der Haut. Jetzt war es Verlangen, das seinen Körper reagieren ließ, doch als es geschehen war, war es zu seiner Verwirrung etwas anderes gewesen. Etwas, das ihm heftiges Bauchkribbeln verursacht hatte.

Nick brachte sich seinetwegen in Gefahr, war mit seinem Handy irgendwohin unterwegs, um ihn zu schützen. Nein, nicht ihn, sondern viel eher seine Leute. Brennan hoffte, dass Slick ihm nicht auf den Fersen war.

Er verdrängte die Frage, was er heute Morgen tatsächlich gesehen hatte, und konzentrierte sich auf die Holz schlagende Axt, die einer der Smith-Brüder schwang.

Sollte er sich nicht nützlich machen, wenn er schon die Gastfreundschaft aller strapazierte? Es wäre von

Vorteil, sich in die Gemeinschaft einzubringen. Vielleicht würden sogar ein paar Minuten vergehen, in denen er nicht an Nick dachte.

Er stapfte durch den Schnee zurück zu dem Haus, das den Brüdern gehörte. Dahinter entdeckte er den Älteren der beiden. Jenen, der gesagt hatte, es wäre zu gefährlich, Brennan hierzubehalten.

Ein Hüsteln ließ den großen Kerl, der Football-Spieler hätte werden können, innehalten. »Brennan, hm?«, fragte er und zog durch die Nase hoch, während er ihn durchdringend ansah.

Brennan nickte und vergrub die Hände tiefer in den Taschen seines Parkas.

Sein Gegenüber wischte sich mit dem Jackenärmel über den Mund. »Mein Bruder ist beeinträchtigt, wie dir vielleicht aufgefallen ist. Ich muss ihn beschützen und mach mir naturgemäß Sorgen, dass deine Anwesenheit uns in Schwierigkeiten bringt. Ist nichts Persönliches.«

»Das freut mich«, murmelte Brennan und korrigierte sich eilig: »Also nicht die Sache mit deinem Bruder, sondern ...« Er zuckte mit den Schultern, weil er sich wieder wie ein Trottel verhielt.

Schweigen breitete sich aus und Brennan wollte gerade die Flucht ergreifen, als der bullige Smith sich nach einem Seufzen vorstellte. »Bob.«

»Kann ich helfen?«

»Hast du schon mal Holz gehackt?«

»Nein, aber mit den Händen bin ich gut.«

»Wird sich rausstellen«, brummte Bob und holte eine weitere Axt aus dem Werkzeugschuppen, um ihm den zweiten Hackklotz zurechtzurücken. Dann erklärte er ihm, wie das Beil zu halten war, und nickte anerkennend, als Brennan das erste Scheit gespalten hatte.

Während sie in einvernehmlichem Schweigen nebeneinander arbeiteten und seine Klamotten sich langsam mit Schweiß tränkten, verstrich die Zeit und seine Sorge um Nick wuchs mit jeder Minute.

4

Nick raste wie ein Irrer. Der Umstand, dass dennoch ein schwarzer Honda Civic mit getönten Scheiben an ihm klebte, beunruhigte ihn. Seit einer Weile sah er mehr in den Rückspiegel als aus der Frontscheibe des Wagens.

Auf jene Straße verirrte sich so gut wie nie jemand. Nick fuhr durchs Hinterland. Kein Mensch nahm diesen Weg, wenn er es nicht zwingend musste. Und man musste nicht, denn es gab genug Ausweichmöglichkeiten. Mit zahlreichen Tankstellen, Parkplätzen und Imbissbuden, die den Straßenrand säumten.

Er stellte die Musik leiser und beugte sich zum Beifahrersitz hinüber, um das Handschuhfach zu öffnen. Die Klappe glitt auf und er kramte mit einer Hand nach Kellans Glock 17. Er hatte nicht vor, jemanden abzuknallen, aber es konnte nicht schaden, etwas in der Hand zu haben, mit dem er jemandem vor der Nase herumfuchteln konnte. Gewissenhaft kontrollierte er, ob die Waffe gesichert war, und schob sie unter seinen rechten Oberschenkel.

Mit einem weiteren Blick in den Spiegel vergewisserte er sich, dass er immer noch verfolgt wurde. Wurde er.

Vielleicht hatte sich nur irgendein Schnösel verfahren, die falsche Abzweigung genommen und zu wenig Zeit, um jetzt noch einmal umzudrehen?

Nick beschleunigte den Pick-up. Auch der Honda wurde schneller. Hatte der Kerl es eilig? Sollte er anhalten und ihn vorbeilassen? Aber wenn der Typ ihn überholen wollte, könnte er das jederzeit tun. Von Gegenverkehr war weit und breit keine Spur. Sie könnten sich unbehelligt über mehrere Meilen hinweg ein Rennen liefern.

Er ballte die Rechte zur Faust und schlug auf das Lenkrad ein. »Scheiße, was will der Wichser?«

Die Sitzheizung wurde so heiß, dass sie ihm den Hintern zu verbrennen schien. Er drehte sie runter und öffnete die Fenster. Kalte Luft zerzauste ihm das Haar und wirbelte Schnee herein, der auf seinem linken Ärmel schmolz.

Als er sich einer Kreuzung näherte, von denen es auf dieser Strecke nicht viele gab, drosselte er die Geschwindigkeit und fragte sich, ob er seine geplante Route nehmen oder einen Umweg machen sollte. Er entschied sich für die Abzweigung nach rechts, die ihn auf direktem Weg zum vereinbarten Treffpunkt bringen würde.

Der Typ im Honda schien kaum den Fuß vom Gas zu nehmen und blieb an ihm dran. Das Heck geriet sichtbar ins Schlingern.

Auf der Unterlippe kauend suchte Nick nach einem Ausweg. Wenn es ihm gelang, den Arsch für ein oder zwei Kurven abzuschütteln, könnte er irgendwo in den Wald hineinrasen, um sich zwischen den Bäumen zu verstecken. Oder um sich zu verwandeln und das verdammte Handy irgendwo zu verscharren.

Mit einem weiteren Blick in den Spiegel erkannte er, dass der Fahrer des Honda die Distanz zwischen ihnen verringerte.

Würde er ihn schneiden, ausbremsen und aus dem Wagen zerren?

Nick griff nach der Glock und schloss die Finger fest darum, während er stur geradeaus starrte. Die Schnittwunde an seiner Seite brannte.

Der Honda fuhr ihm bis zur Stoßstange auf, scherte aus und war eine Sekunde darauf neben ihm. Durch die offenen Fenster konnte er den schnurrenden Motor des Honda hören. Für ein paar Herzschläge waren sie gleichauf. Sie sahen sich an. Dunkle Haare, dunkle Augen, glatt rasiert. Anzug samt Krawatte. Ordnungsgemäß angeschnallt.

Dann trat der Fremde in die Pedale und zog an ihm vorbei, um bald aus seinem Sichtfeld zu verschwinden.

Nick erhaschte einen Blick auf das Kennzeichen. Aus einem anderen Staat.

»Ein Business-Typ auf der Durchreise«, sagte er und lachte. Da nicht nur sein Lachen bebte, sondern auch seine Hände, fuhr er an den Straßenrand und stellte den Motor ab.

Er drückte auf den Fensterheber und schloss die Kälte aus. Die Standheizung ließ es allmählich warm werden. Sein Atem bildete keine Wölkchen mehr.

Als sein Handy in der Mittelkonsole vibrierte, zuckte er zusammen.

Er schüttelte den Schock ab und griff nach dem Telefon. *Kell*, zeigte das Display.

»Was gibt's?«, fragte er und bemerkte zu spät, dass er heiser war. Er räusperte sich verstohlen und fuhr sich durchs Haar.

»Brennan macht sich Sorgen um dich«, sagte Kellan am anderen Ende der Leitung und man konnte hören, dass ihn das amüsierte.

Nick grinste bis über beide Ohren. Sein Herz klopfte schneller.

»Das hab ich so nicht gesagt«, knurrte Brennan flüsternd und trieb Nicks Pulsschlag damit weiter an.

Kellan äffte ihn nach, wobei seine Stimme dumpf klang, so als würde er die Hand über das Mikro des

Handys halten. »Nick ist schon ziemlich lange weg. Du solltest ihn anrufen und fragen, ob alles in Ordnung ist.«

»Na, dann mach ich mir halt Sorgen, aber das musst du ihm ja nicht sagen, oder?«

»Oh, ich denke schon, dass ich das muss.« Etwas knackte und Kellan sprach wieder ins Telefon. »Also, ist alles in Ordnung bei dir?«

»Alles bestens. Ich sorge nur dafür, dass Brennans Handy so weit wie möglich von uns weg ist. Ich werd noch ein Weilchen unterwegs sein.«

»Ist gut«, meinte Kellan. »Kitty und ich gehen raus in den Wald. Sieh zu, dass du dich beeilst, bevor Brennan völlig die Nerven verliert. Fehlt nicht mehr viel. Soll ich ihm was ausrichten?«

Nick erhaschte einen Blick auf sein Spiegelbild. Seine Augen leuchteten trotz der dunklen Schicht darüber, seine Wangen waren kaum merklich gerötet und er stutzte angesichts der Tatsache, sich schmunzeln zu sehen. Brennan machte sich Gedanken um ihn und sie schienen nicht nur darum zu kreisen, dass sie einander heiß fanden und miteinander ins Bett gehen könnten.

»Nick?«

»Sag ihm Danke«, meinte er sanft und legte auf, immer noch lächelnd.

*

Ihre Rostlaube, die beim Fahren klapperte und den Eindruck machte, als würde sie zusammenbrechen, wenn man sie schief anschaute, stand neben dem ersten Brückenpfeiler. Eine weiche Männerstimme erklang aus den Lautsprechern.

Auf dem Dach des Autos hockten Saint und ihr Freund. Es war ein neuer Kerl, den sie wie jeden vor ihm ungeachtet seines richtigen Namens *Sinner* nennen würde.

Die Heilige und der Sünder, ihr liebstes Spiel. Wie alles in ihrem Leben betrachtete sie auch die Liebe als ein solches.

Nach ein paar Flirtversuchen ihrerseits hatte sie mürrisch gemeint: »Du stehst auf Männer.« Keine Frage, sondern eine Feststellung. Mit der sie mitten ins Schwarze getroffen und Nick ein kleines Grinsen entlockt hatte.

Er hatte es Saint zu verdanken, dass er nach Mr. Alexeyevs Tod wieder so etwas wie ein Zuhause gefunden hatte. Sie hatte ihn zu Archie gebracht.

»Hi«, meinte er mit einem Nicken.

»Hey.« Der Typ mit der wallenden Mähne lächelte ihn an.

»Du brauchst meine Hilfe, nehm ich an«, sagte Saint von ihrem Hochsitz aus und kaute auf einer ihrer grellrot gefärbten Strähnen. Sie war ein ganzes Jahrzehnt älter als Nick, benahm sich aber, als sei es umgekehrt.

»Richtig angenommen.« Er reichte ihr Brennans Handy. »Kannst du das für mich irgendwohin bringen?«

Saint legte die Stirn in Falten und reichte das Teil an ihren Lover weiter, der es ebenso misstrauisch begutachtete.

»Nicht ausschalten«, warnte Nick. »Wir nehmen an, dass jemand es zu orten versucht. Ich will, dass es so weit wie möglich von uns weg ist.«

»Ich kann's für dich bis in die Arktis wandern lassen«, verkündete Saint.

»Mexiko würd's auch tun.«

»Alles, was du willst, Welpe. Darf man nach dem Sinn der Sache fragen?«

»Du hast definitiv was gut bei mir.« Damit machte er kehrt.

»Wie? Das war's? Kein Drink, kein Mittagessen?«

»Mir wurde gesagt, ich soll mich beeilen«, erwiderte Nick lächelnd. Schotter knirschte unter seinen Schuhsohlen, er öffnete die Autotür.

»Hat Archie seine Hypothese endlich gelöst?«

»Du wüsstest davon, wenn er das getan hätte. Bye, Saint. Bye, Sinner.«

Sie hob die beringte Hand zum Gruß, während ihr Kerl grinste und sie in den Oberschenkel kniff. »Hab ich's mir doch gedacht, dass du das mit jedem machst, Süße.«

»Du wusstest, worauf du dich einlässt«, lachte sie und sprang vom Wagen, um Sinner spielerisch am Bein herunterzuziehen. »Mach's gut, Nick.«

5

Als der Pick-up am späten Nachmittag zwischen den Häusern stehen blieb, atmete Brennan auf und erhob sich aus dem Schaukelstuhl. Wie sehr es ihn in Nicks Nähe zog, war fast beängstigend. Er kannte den Mann doch so gut wie gar nicht.

Nick stieg aus und musterte ihn von oben bis unten. Seine Zungenspitze schnellte hervor. »Bisschen kalt für die Veranda«, sagte er trocken.

Brennan, dem die Jeans im Schritt zu eng wurde, weil er Nicks rosige Zunge gesehen hatte und sich vorstellte, wie sie über seine Kehle leckte, verschränkte die Arme vor der Brust und sah auf seine Schuhe hinab. »Ich hab auf dich gewartet.«

»Hab mich beeilt«, kam leise zurück, während Nick die hintere Tür aufmachte. Der Rücksitz war mit braunen Einkaufstüten beladen. Sie waren beschriftet. Brennan konnte keine mit Lorraines oder James' Namen erkennen.

»Darf ich dir helfen?«, fragte er und bekam nach einem Zögern zwei Tüten in die Hände gedrückt. »Ist alles glatt gelaufen? Du warst lange weg.«

»Bin über die Grenze gefahren und hab mich mit einer Bekannten getroffen, die dein Handy sicher noch über mindestens eine weitere Staatsgrenze befördern wird. Somit wäre es fast ein Glück, wenn dieser Slick es orten lässt.«

Brennan nickte, doch während er Nick in Archies Haus folgte, begannen seine Gedanken wild zu kreisen. Slick würde sein Handy irgendwo in einer Mülltonne im Nirgendwo oder in der Manteltasche eines Penners finden. Und dann? Würde er weiter nach ihm suchen. Aber wo war Brennan sicher? Wohin konnte er gehen? Was sollte aus der Werkstatt werden? Er hatte keine Möglichkeit, sie zu verkaufen, wenn er sich nicht in ihre Nähe wagen konnte. Gewiss war sein Apartment durchwühlt und befand sich in einem Zustand höchsten Chaos, wie er Slick kannte. Er konnte nicht mal seine Sachen holen. Erst nach und nach sickerte die Erkenntnis durch, wie tief er eigentlich in der Scheiße steckte.

Nick stellte die Einkaufstaschen neben dem Kühlschrank ab und warf ihm einen Blick zu. »Mach nicht so ein Gesicht. Ich lass mir was einfallen.«

Brennan beobachtete ihn eine Weile gedankenverloren, wie er Lebensmittel einräumte, und begann schließlich, ihm die Sachen zu reichen. »Ich weiß es zu schätzen, dass du mir hilfst.«

Nick zuckte mit den Schultern. Er schien darauf bedacht, dass ihre Hände sich nicht berührten. Bei genauerem Hinsehen erkannte Brennan den türkisen Schimmer in Nicks Augen und in seinem Magen flatterte etwas.

»Hast du einen Job?«, fragte er.

»Ich kümmere mich hier um so einiges.«

Brennan begriff nicht ganz. »Bist du Archies Angestellter? Ich meine … womit verdienst du dein Geld?«

In einem kleinen Lachen stieß Nick Luft aus. Das Geräusch war verdammt sexy, genau wie der Ausdruck auf seinem Gesicht. »Ich bin niemandes Angestellter. Bloß ein wertvolles Mitglied unserer kleinen Gemeinde, wie Archie es ausdrücken würde. Ich muss im Moment kein Geld verdienen. Ich hab was geerbt und geb nicht viel aus.«

»Von deinen Eltern? Sind sie …?«

»Ja, sie sind tot. Nein, nicht von ihnen.« Nicks Brustkorb hob und senkte sich in einem tiefen Atemzug. Vor einem Schrank kniend, in den er Cornflakes-Packungen eingeräumt hatte, hielt er inne. Er wirkte, als wolle er nicht darüber sprechen. Trotzdem sagte er: »Ich habe für jemanden gearbeitet, der mir viel Geld hinterlassen hat. Ich war sein Fahrer.«

Die Traurigkeit in seinem Tonfall sollte Brennan aufhalten, dennoch hörte er sich sagen: »Er war dir wichtig.«

»Er hat mich aufgenommen, nachdem meine Eltern gestorben waren und ich keinen Halt mehr fand. Er war so etwas wie ein zweiter Vater für mich.«

Nicks Bedrücktheit drängte Brennan dazu, ihm die Hand an die Schulter legen zu wollen. Er ließ es bleiben. Immerhin kannten sie sich kaum.

Brennan hatte nur einen Vater gehabt und der war ein Arschloch gewesen, aber er konnte nachvollziehen, wie es war, einen geliebten Menschen zu verlieren. Es musste umso schlimmer sein, wenn es gleich zwei Mal hintereinander passierte. »Es tut mir leid.«

Nick kam auf die Beine, um sachte zu nicken. »Danke.« Er zerknüllte die Tragetaschen aus Papier und warf sie in den Kübel unter der Spüle. »Ein paar sind noch draußen. Hilfst du mir?«

»Klar.« Er trottete hinter Nick zurück zum Wagen und dann vollbepackt zu Foremans Haus. Es war an der Zeit, die Stimmung ein wenig zu heben. »Übrigens hab ich mich auch schon nützlich gemacht und Bob beim Holzhacken geholfen. Vielleicht spricht sich rum, wie fleißig ich bin, und Archie sieht mich irgendwann nicht mehr an, als hätte ich ihm Tierkadaver ins Haus geschleppt.«

Nick lachte so hübsch, wie kein anderer lachen konnte. Zumindest hatte ihn noch nie ein Kerl mit seinem Lachen mitten ins Herz getroffen. »Kellan macht das ein paar Mal im Monat und den sieht Archie ganz anders an.«

»Dann ist da wohl nichts mehr zu machen«, murmelte Brennan heiser.

»Ich glaube, tief in seinem Herzen kann er dich gut leiden«, erwiderte Nick mit neckischem Unterton. »Sonst hätte er nicht zugestimmt, dich hierzubehalten.«

»Tief in seinem Herzen«, wiederholte Brennan schmunzelnd und reichte Nick eine Dose mit Tomatensauce. »Na hoffentlich kann er diese Sympathie mal an die Oberfläche holen, damit ich auch was davon spüre.«

Wieder lachte Nick. Brennan wollte ihn noch viel öfter zum Lachen bringen.

Erneut gingen sie zum Auto, wobei Brennan sich nicht daran hindern konnte, den wohlgeformtesten Hintern zu begaffen, der ihm je unter die Augen gekommen war. Er musste schlucken, um nicht zu sabbern.

Mit ein paar Tüten bewaffnet stapften sie über Bobs Veranda. Nick öffnete die Tür mit dem Ellbogen und trat sich die Schuhsohlen ab, um keinen Schnee ins Haus zu schleppen.

»Du hinkst, hast du Schmerzen?«, fragte Nick, als sie in der Küche standen. Sie war dunkel und wirkte ein wenig trostlos.

»Halb so wild.«

»Lorraine kommt bald nach Hause. Lass dich von ihr neu verbinden.«

»Nicht nötig. Sie mag mich nicht besonders. Ich will ihr nicht auf die Nerven fallen mit dieser Nichtigkeit.«

»Das ist keine Nichtigkeit«, widersprach Nick. »Du gehst zu ihr. Sie beruhigt sich schon. James sagt, sie ist wie ihre Katze. Fremden zerkratzt sie erst mal die

Hosenbeine, aber wenn sie ihr Misstrauen abgelegt hat, kann sie ganz nett sein.«

»Wie ermutigend. Ich hab nur drei Jeans bei mir und kann es mir nicht leisten, eine davon zu verlieren.«

Nick hielt inne und bedachte ihn mit einem funkelnden Blick. »Muss ich dich zwingen?«

»Wie würde das aussehen?«, fragte Brennan mit einem provokanten Lächeln auf den Lippen.

Nick musterte ihn ausgiebig. »Ich kann dich über meine Schulter werfen und dich zu ihr bringen.«

Brennan lachte, obwohl ihn Hitze erfasste. »Das glaube ich kaum.«

»Du denkst, ich bin der Schwächere von uns beiden?«, grinste Nick teuflisch. »Lass dich nicht von meiner schlaksigen Statur täuschen. Nur weil man deine Muskeln besser sieht, heißt das nicht, dass meine weniger zu gebrauchen sind.«

»Es heißt aber auch nicht automatisch, dass dem nicht so ist«, scherzte Brennan.

»Oh, das wirst du bereuen«, knurrte Nick amüsiert und stürzte auf ihn zu.

Brennan war so perplex, er konnte nicht mal reagieren. Nick packte ihn, schlang ihm die Arme um die Oberschenkel und warf ihn sich über die Schulter. Kein Mann vor Nick hatte ihn je hochgehoben. Er war beeindruckt.

Der herbe, maskuline Duft von Aftershave und Parfum stieg ihm in die Nase und in Sekundenschnelle war er so scharf, dass er nicht mehr klar denken konnte. Er fasste Nick um die Taille – er musste sich ja irgendwo festhalten, verdammt – und berührte dessen flachen Bauch. Schauer jagten einander seinen Rücken hinab und sein Schwanz wurde hart. Das Pochen darin tat fast weh.

»Überzeugt?«, murmelte Nick und legte ihm die Finger eine Handbreit unter den Po, was Brennan leise stöhnen ließ.

Fass mich an, dachte er hitzig. *Dort, wo es unanständig wird.*

Er wollte Nicks Hände überall an seinem Körper spüren, auf seiner nackten Haut, wollte an seinen Fingern lecken. In seinen Lenden pulsierte es und seine Lust drückte ihm in die Magengrube. Zusammen mit Nicks Schulter ...

»Nick?«, fragte jemand mit nasaler Stimme vom Vorraum herein.

Brennan wurde hastig auf seine eigenen Beine zurückgestellt. Wie umsichtig Nick darauf achtete, seinen verletzten Unterschenkel zu schonen, berührte ihn so angenehm, dass es ihm schon wieder unangenehm war, weil er sich blöd vorkam.

»Billy«, sagte Nick nach einem Räuspern und dem Zurechtzupfen seiner Klamotten. Er fuhr sich mit beiden Händen durch das tiefschwarze Haar, was ganz und gar nicht dazu beitrug, dass Brennan ihn weniger begehrte.

Um die peinliche Situation zu überspielen und Nick nicht in die Augen sehen zu müssen, widmete er sich den Einkäufen und wandte den anderen den Rücken zu.

»Ich will Skittles essen«, meinte Billy und nahm auf einem Hocker vor der Kücheninsel Platz. Er war schwer zu verstehen. Vermutlich lag es an der Beeinträchtigung, die Bob erwähnt hatte und die ihm auch anzusehen war. »Du hast doch welche mitgebracht, oder?«

»Klar hab ich welche mitgebracht. Wofür hältst du mich? Hier bitte, schmecke den Regenbogen.« Nick kramte die Süßigkeiten hervor und reichte sie Billy, der sich nicht daran zu stören schien, was sie getrieben hatten. Mit vollem Mund meinte er: »Du bist ganz rot im Gesicht, Nick. Der Neue ist schwer, hm?«

»Ein Fliegengewicht ist er nicht«, antwortete Nick in einem neckischen Murmeln.

Brennan lachte und warf einen verstohlenen Blick auf Nicks tatsächlich gerötete Wangen. Sie passten nicht zu der Kühle, die er sonst ausstrahlte, aber sie standen ihm hervorragend und verursachten Brennan ein Ziehen in der Brust. Nick hatte eine echte Begabung dafür, das zu vollbringen, ganz gleich was er tat.

»Bob sagt, er fühlt zwischen euch beiden ein Knistern«, fuhr Billy mit der Entblößung ihrer Seelen fort und man konnte es ihm nicht mal übel nehmen, weil er so unschuldig lächelte. »Spürt ihr das auch? Hast du ihn deswegen hochgehoben?«

»Kann sein.«

»Aber was soll das denn gegen ein Knistern helfen? Da braucht ihr Wasser.«

»Billy, erinnerst du dich an die Freundin, die Bob mal mitgebracht hat?«

Brennan wandte sich um und sah, wie Billy rot wurde. Er war ein Mann von über dreißig Jahren, wirkte aber recht kindlich. »Die hat mir Herzzittern gemacht«, gestand er und kicherte verschämt.

Nick warf Brennan einen flüchtigen Blick über die Schulter zu und nickte, als er sich wieder abgewandt hatte. Billy verstand und schob sich noch ein paar Skittles in den Mund. Er wirkte zufrieden.

Herzzittern, wiederholte Brennan in Gedanken.

»Können wir später was mit Schnee bauen?«, fragte Billy. »Ich will malen.«

Die beiden Sätze ergaben keinen Sinn zusammen, aber Nick bejahte die Frage ganz selbstverständlich. »Klar können wir das.«

»Ryan kann mitmachen, wenn er mag«, sagte Billy gnädig.

»Sein Name ist Brennan.«

»Oh. Aber alle sagen, er sieht aus wie ein Ryan. Tschuldigung, Brennan.«

»Kein Ding«, warf Brennan ein. »Danke für die Einladung. Ich bin dabei.«

Billy grinste ihn an.

»Nachdem Brennan bei Lorraine war, um sein Bein ansehen zu lassen, können wir loslegen«, sagte Nick.

»Ja ja, du hast gewonnen. Ich geh zu ihr. Okay?«, lachte Brennan und schüttelte den Kopf über Nicks Beharrlichkeit.

»Okay. Ich gewinne übrigens immer.«

Bei diesem einnehmenden, charmanten Lächeln war das kein Wunder. Wer könnte Nick verlieren lassen und das Risiko eingehen, das Schmunzeln von seinen vollen Lippen zu vertreiben? Kein Mensch wäre so dumm.

*

Nick schob die Tür mit dem Fuß auf und nickte Brennan hinein. Verlegenheit suchte ihn heim. Brennan würde gleich seine Hütte sehen und jedes Detail genauestens bewerten. War es eine gute Idee, ihn seine persönlichen Einkäufe ausräumen zu lassen? Die beste war es bestimmt nicht.

»Willst du eine Tasse Kaffee? Du kannst dich aufs Sofa setzen, während ich das einräume«, schlug er vor und versuchte, möglichst beiläufig zu klingen.

Brennan grinste und verwandelte seine Adern erneut in Leitungen, in denen Strom surrte, statt Blut pulsierte. »Hast du was gekauft, das ich nicht sehen soll?«

Nick schnitt eine Grimasse. »Ich wollte bloß nett sein.«

»Ich will auch nett sein und werd dir helfen.« Schon machte Brennan sich daran, die Tüten auszuräumen und ihm die Teile zu reichen. Dabei sah er sich verstohlen in der Küche um. Es war ein kleiner, langgezogener Raum mit Herd, Arbeitsplatte und Kühlschrank. Die Sonne blitzte zwischen den Bäumen hervor und fiel durchs Fenster, tauchte alles in ein winterlich kühles Licht. In diesem wirkte Brennan noch attraktiver als sonst und es wäre keine Übertreibung zu sagen, der Mann verdiente einen Song. Irgendetwas Rockiges, Leidenschaftliches, mit hartem Beat.

Brennan in seinem Haus zu haben war merkwürdig. Ihr Zusammensein fühlte sich aufregend, doch gleichzeitig ganz natürlich an, als müsste es so sein, als hätten sie schon hunderte Male zusammen den Einkauf verstaut. Und er hätte nichts dagegen, wenn es sich wiederholen würde.

Als die Tüten leer waren, ging Brennan ins Wohnzimmer und sah sich um. Es war vollgestopft mit Büchern, die den Fernseher und die Stereoanlage in den Hintergrund drängten und fast unsichtbar machten. Die Bücher okkupierten die Regale an allen Wänden, lagen auf dem Couchtisch verstreut und stapelten sich neben dem Sofa. Offensichtlich wusste Brennan nicht viel damit anzufangen, während er die Titel auf den Buchrücken studierte. Er wirkte plötzlich verloren, aber nicht weniger sexy als sonst.

Nick lehnte sich mit vor der Brust verschränkten Armen an den Türrahmen zwischen den Räumen und beobachtete Brennan, streifte mit dem Blick seine muskulöse Gestalt, streichelte mit den Augen seinen markanten Kiefer und die frisch rasierte Wange. Lust fuhr ihm heiß durch die Magengrube und setzte sich in ihm fest. Er stieß sich ab und stellte sich neben Brennan. Dessen Geruch und die Hitze, die von ihm ausging, schürten seine Erregung.

»Du liest viel«, stellte Brennan fest und das Zittern in seiner Stimme ließ Nick wissen, dass er nicht der Einzige war, der sich vor Begehren kaum noch zu helfen wusste. Doch da war noch etwas anderes in seinem Tonfall – eine Spur von dumpfer Ernüchterung.

»Sehr scharfsinnig beobachtet«, neckte er den Mann, der sich die Lippen leckte und sichtbar seine Kehle in einem Schlucken bemühte. Die Muskeln an seinem Hals bewegten sich und Nick ertappte sich dabei, jede Sehne mit der Zungenspitze nachfahren zu wollen. Irgendwo in ihm brannte eine Sicherung durch. »Archies zweite Leidenschaft neben der Mathematik ist die Physik. Er hat mir mal erzählt, dass sich die Sonne irgendwann ausbreiten wird, bis sie die Erde verschlungen hat. Später explodiert sie und wird zu einem weißen Zwerg«, erzählte er und wurde mit jeder Silbe heiserer. »Noch später passiert mit ihr das, was mit allen anderen Sternen passieren wird. Sie wird verglühen oder von schwarzen Löchern gefressen. Irgendwann gibt es bloß noch schwarze Löcher. Dann geht das Licht aus, da draußen.« Er deutete mit einem Kopfnicken zum Fenster und bewunderte Brennan in dessen amüsierter Verwirrung, in der er fast jungenhaft wirkte. »Und irgendwann verstrahlen auch sie und es existiert gar nichts mehr. Es gibt noch zwei andere Varianten, wie das Universum enden wird, aber danach fragst du besser Archie. Jedenfalls ...« Nick stockte und kam sich wie ein Idiot vor, während er seinen Mut sammelte. »Wenn man sich das vorstellt, kommt einem alles, was man tut, ziemlich bedeutungslos vor. Und ... und wenn letzten Endes doch alles egal ist, warum sollte ich es dann nicht tun?«

»*Was* tun?«

»Das hier.« Nick beugte sich vor und dachte noch bei sich: *Wow, das ist ja schnell eskaliert.* Er fasste Brennan sanft ans Kinn, war ihm so nah, dass er seinen heißen, stoßweise kommenden Atem im Gesicht spürte. Einen Herzschlag später küsste er ihn. Seine Knie gaben fast unter ihm nach, als Brennans Lippen sich an die seinen pressten. In seiner Brust explodierte etwas.

Brennan raubte ihm den letzten Rest seines Atems, indem er ihn packte und mit dem Rücken gegen die Regale drängte. Nach seiner Niederlage zuvor wollte er wohl seine Stärke unter Beweis stellen. Nicks Körper reagierte darauf mit einem Ziehen im Unterleib und dem Öffnen seines Mundes. Eine Zunge glitt in ihn und ließ ihm schwindlig werden. Er hörte sich stöhnen und bemerkte, wie seine Linke ganz von selbst Brennans Rücken auf und ab glitt, während er die Rechte in seidigem Haar vergrub. Der Mann fühlte sich so verdammt gut an – und seine Küsse erst. Verlangend, aber nicht drängend. Hart, aber nicht grob. Er küsste ihn auf eine Weise, die es Nick leicht machte, sich fallen zu lassen, sich hingeben zu wollen. Doch er wusste, dass er sein Glück nicht ausreizen sollte. Nicht, wenn er nicht wollte, dass das erste Mal das letzte Mal blieb.

Er hörte einen Wagen den Hang heraufkommen, dankte seinem Schicksal und versetzte Brennan einen Stoß gegen die Brust, der etwas heftig ausfiel, wie er an Brennans irritierter Miene erkannte. Seine Lippen waren geschwollen und seine Augen hatten sich verdunkelt.

Nick bezähmte seinen Puls und bemühte sich um ein Lächeln. »Du wolltest zu Lorraine. Das muss sie sein.«

Brennan brachte mit den Fingern sein Haar in Ordnung. Seine Zungenspitze schnellte hervor. Er schien verunsichert, was nicht weiter verwunderlich war. »Okay«, murmelte er rau und machte sich auf den Weg nach draußen.

Nick hörte die Tür ins Schloss fallen und fragte sich, warum er so ein verdammter Vollidiot war. Das schlechte Gewissen nagte an seinem Herzen und er rieb sich die Wangen. Die Kränkung war Brennan ins Gesicht geschrieben gewesen. *Verfluchte Scheiße.* Ein Seufzen entrang sich ihm. Zwischen zusammengebissenen Zähnen stieß er einen Fluch hervor.

*

Die Hände in den Jackentaschen zu Fäusten geballt stapfte er mit weichen Knien über die festgetrampelte Schneedecke, die unter seinen Schuhsohlen knirschte. Sein Herz hatte sich noch nicht beruhigt. Nichts in ihm hatte sich schon beruhigt. Fuck, er hatte soeben den besten Kuss seines Lebens hinter sich. Wie sollte er da so schnell runterkommen?

Nick hatte ihn rausgeworfen, also lag die Vermutung nahe, dass er etwas falsch gemacht hatte. Oder hatte es ihm ganz einfach nicht gefallen? Zwar hatte Nick den ersten Schritt gemacht, aber er war auch derjenige, der die Sache beendet hatte. Ziemlich vehement.

Ein bleiernes Gewicht legte sich auf Brennans Brustkorb, machte ihm das Atmen schwer und drückte ihm in die Magensenke. Lorraines böser Blick machte es nicht besser.

»Lorraine, entschuldige, ich wollte zu dir«, brachte er hervor, während er mit ihr Schritt hielt. »Nick meint, ich soll meine Wunde ansehen lassen.«

»Ach, Nick meint? Seit wann tun wir eigentlich alle, was Nick will?«, zischte sie in einer Lautstärke, die darauf schließen ließ, dass sie mit sich selbst redete und keine Antwort erwartete. »Bringen wir es hinter uns«, murrte sie und schloss die Tür auf.

Brennan machte sie hinter sich zu und konnte sich gerade noch daran hindern, zu Nicks Hütte hinüberzusehen. Kaum war die Kälte ausgesperrt, stieg ihm der Duft von Wildragout und Apfelkuchen in die Nase.

»Ich bin gleich wieder da. Setz dich in die Küche und fass nichts an«, sagte Lorraine und lief die schmale Treppe hinauf.

Brennan tat, wie ihm geheißen, und nahm an dem Esstisch Platz, der zu groß für einen Zwei-Personen-Haushalt schien. Die Küche war sauber und hell eingerichtet. Irgendwo neben ihm tickte eine Uhr. Ein Tapsen auf dem Holzboden näherte sich ihm, gleich darauf maunzte der kleine, bengalische Tiger, den er im Fenster gesehen hatte. Er dachte an Nicks Warnung bezüglich der Hosenbeine, aber die Katze strich ihm mit aufgestelltem Schwänzchen ums Bein.

»Hi Miez. Ich soll nichts anfassen, hat sie gesagt. Ich schätze, du bist da mit eingeschlossen.« Seine Stimme klang bedrückt. Was für eine Überraschung, wo er sich doch genau so fühlte. Warum hatte Nick ihn rausgeworfen?

Die Katze hüpfte ihm auf den Schoß und stellte die Vorderpfoten an seine Brust, um ihren Kopf schnurrend an seinem Kinn zu reiben.

Verwundert sah er in große, gelbe Katzenaugen und streichelte einen zerbrechlichen Körper. »Ich dachte, du seist nicht gut auf Fremde zu sprechen?« Er bemerkte das rote Halsband und den Anhänger daran, auf dem »Missy« stand. »Hi Missy, ich bin Brennan«, flüsterte er lächelnd und kraulte den Bauch, der ihm angeboten wurde. Missy umfing ihn mit den Pfoten, ohne die Krallen auszufahren, und schnurrte noch lauter, während sie genüsslich die Augen zudrückte.

Plötzlich sprang sie auf und lief zu ihren Schüsselchen hinüber. Sie setzte sich davor und miaute ihn an.

»Ach, du bist nur lieb zu mir, weil du was von mir willst? So ist das also.« Er stand auf und sah nach, an was es fehlte. Der Futternapf war mit dunkelbraunen Kügelchen gefüllt. Das Wasser war leer. »Durst hast du«, stellte er fest und bückte sich, um das rosafarbene Schälchen aufzuheben und es an der Spüle mit frischem Wasser zu füllen. »Da müssen wir schleunigst was dagegen unternehmen.«

Missy sprang auf die Theke und beobachtete ihn. Ihr Schwänzchen bewegte sich sachte.

Er stellte das Wasser auf ihren Futterplatz zurück und sie stürzte sich darauf. Als er sich zufrieden von dem Anblick abwandte, fuhr er zusammen.

Lorraine stand im Türrahmen und musterte ihn auf eine undeutbare Weise.

Brennan ergab sich mit erhobenen Händen. »Ich weiß, du hast gesagt, ich soll nichts antatschen. Es war Missys Schuld. Sie hat mich gezwungen.«

Missy schlabberte friedlich ihr Wasser und Lorraine seufzte. Sie warf das Verbandszeug auf den Tisch und ließ sich auf einen Stuhl fallen. »James vergisst ständig, ihr Wasser aufzufüllen, bevor er zur Arbeit fährt. Ich hatte einen langen Dienst. Manchmal könnte ich den Mann erwürgen.«

»Die Freuden der Ehe«, scherzte Brennan mit einem vorsichtigen Grinsen und setzte sich.

»Darüber macht man sich nur so lange lustig, bis man selbst verheiratet ist. Merk dir das.« Es klang nach einem Tadel, aber Lorraines Tonfall war sanfter als zuvor. Sie rückte ihm eine weitere Sitzgelegenheit zurecht, auf die er sein Bein legen sollte. »Hast du Schmerzen?«

»Nichts Dramatisches. Angeblich bin ich vorhin ein wenig gehinkt.«

»Hast du das Bein geschont, wie ich es dir gesagt habe?«

»Äh, ja. Eigentlich schon.«

»Und uneigentlich?«, fragte Lorraine.

»Ich hab nicht Rugby gespielt oder so. Nur ein bisschen Holz gehackt mit Bob und Nick geholfen, ein paar Einkaufstaschen zu tragen. Den Rest des Tages habe ich in Foremans Schaukelstuhl verbracht. Mehr schonen geht nicht.«

Lorraine seufzte ein weiteres Mal und befreite ihn von dem Verband, der feucht geworden war, als er beim Holzaufschichten durch den Schnee gewatet war. Sie reinigte die Wunde, an der rundherum Blut klebte. Es brannte und er biss die Zähne zusammen.

Missy hatte ihren Durst gestillt und hüpfte ihm auf die Schenkel, was von Lorraine mit hochgezogenen Augenbrauen registriert wurde. Die Katze ließ sich in seine Armbeuge fallen und er kam sich vor, als würde er ein Baby halten. Ein sehr süßes und sehr laut schnurrendes Baby.

Als Lorraine ihn mit frischem Mull umwickelte, versuchte er sich an einem Scherz. »Warum bekommen die Patienten auf der Quarantänestation nur Kartoffelpfannkuchen und Spiegeleier zu essen?«

Lorraine zuckte mit der rechten Schulter.

»Weil das das Einzige ist, was sich bequem unter der Tür durchschieben lässt.«

Sie überraschte ihn mit einem Lachen und warf ihm einen Blick zu, der nichts Feindseliges mehr, sondern fast etwas Mütterliches an sich hatte. Hatte er etwa mit einem blöden Arztwitz das Eis gebrochen?

Missy hangelte sich an seinem Pulli hoch und legte sich wie ein Schal um seinen Nacken, um das Köpfchen wieder an ihm zu reiben.

Nachdem er frisch verbunden war, zog Lorraine ihm das Hosenbein hinunter. »Du musst darauf achten, dass der Verband nicht nass oder feucht bleibt, wenn du duschen warst oder draußen herumstreunst. Ich geb dir frisches Verbandsmaterial mit, dann kannst du ihn selbst wechseln. Diese Salbe sollte den Heilungsprozess beschleunigen.« Sie hielt eine Tube hoch und steckte sie in einen Beutel, in den sie zudem ein paar Mullbinden und Bandagen packte. »Sobald sich was zum Schlechten verändert, gibst du mir Bescheid. Dann müssen wir mit

Antibiotika ran. Ich glaube allerdings nicht, dass es so weit kommen wird. Sieht ganz in Ordnung aus. Der Nächste bitte«, fügte sie scherzhaft hinzu.

»Vielen Dank für die Behandlung.« Brennan grinste und setzte Missy auf den Boden, was ihr nicht zu gefallen schien. Sie starrte ihn entsetzt an und sah ihm mit großen Augen nach.

6

Nachdem er sich umgezogen hatte, saß er auf Foremans Couch und sah dem alten Mann beim Fernsehen zu. Es war fast schon niedlich, wie er sich über die Witzchen amüsierte, die sich die gelangweilten Schreiber hatten einfallen lassen. *Du musst gerade reden, mit deinem billigen Arztwitz.*

Er hatte nicht vergessen, dass er zum Schneemannbauen verabredet war, doch er bezweifelte, dass Nick ihn immer noch dabei haben wollte. Würde er Billy damit enttäuschen?

»Du ziehst ein Gesicht, als stünde ein Axtmörder hinter dem Fernseher«, lachte Foreman. »Willst du darüber reden?«

»Glaub nicht.« Brennan rutschte nervös auf dem Sofa herum. Er fühlte sich nicht wohl. Er vermisste Nick und nicht zu wissen, wie die Dinge zwischen ihnen standen, machte ihn verrückt.

»Kann es sein, dass du in Gedanken bei einem anderen Mann bist?«

Brennan gab keine Antwort. Wurde er rot? Oder woher kam die Hitze in seinem blöden Gesicht? Scheiße. Schneemänner, Schneeflocken, weiße Kätzchen auf einem weißen Bettlaken.

»Du kannst es mir ruhig sagen. Da ich ein Mann der Frauen bin, ist das nicht weiter schlimm. Ich nehm es dir nur ein ganz kleines bisschen übel, dass du mir nicht deine volle Aufmerksamkeit zuteilwerden lässt«, grinste Foreman.

Brennan grinste gegen seinen Willen. »Kann sein, dass ich an jemanden denke«, sagte er und senkte den Blick, um das Muster des Teppichs zu studieren.

Foreman nickte mit geschürzten Lippen und prostete ihm mit einer Flasche seines alkoholfreien Biers zu. »Klar denkst du an Nick. Er ist ein netter und ziemlich hübscher Bursche.«

Brennan bemühte sich um ein Lachen, aber aus seinem Mund kamen nur ein merkwürdiges Keuchen und ein Schwall Luft. War es so offensichtlich, dass er Nick anhimmelte? *Das hat Foreman dir gerade bewiesen, du Idiot!*

Foreman ergötzte sich an seiner Verlegenheit und grinste von einem Ohr zum anderen. »Musst nicht rot werden. Nick denkt auch an dich. Zumindest in diesem Moment.« Er deutete zum Fenster hinüber.

Brennan wandte sich mit einem Ruck um und sein Herz setzte einen Schlag aus, bevor es zu zittern begann, wie Billy es beschreiben würde.

Nick stand draußen auf der Veranda und lehnte sich lässig an das Geländer. Als ihre Blicke sich trafen, nickte er auffordernd Richtung Tür.

»Ich muss los.« Brennan war schneller auf den Beinen, als man hätte »Nick« sagen können.

»Schon klar«, rief Foreman ihm nach. »Lass den alten, einsamen Mann mit seinen Sitcoms allein.«

»Ich brech dir das Herz, ich weiß«, witzelte Brennan, während er in seinen Parka schlüpfte. »Sorry.« Damit war er aus der Tür.

Er bremste seinen Enthusiasmus, als er in Nicks Sichtfeld auftauchte, um nicht wie der verknallte Typ zu wirken, der er war.

»Wolltest du dich vor unserer Verabredung drücken?«, fragte Nick. Er sah so heiß aus, dass er eigentlich den Schnee zum Schmelzen hätte bringen müssen.

»Bist du ein Drückeberger, Brennan?« Billy saß in dem Schaukelstuhl, auf dem Brennan den halben Tag lang gewartet hatte, und machte ein interessiertes Gesicht. Seine Haltung hätte ein Gewehr auf seinem Schoß passend gemacht.

»Nein, ich ...«, verteidigte Brennan sich, um nach zwei Worten zu stocken. »Ich hatte angenommen, dass ich ausgeladen bin.«

»Du bist erst entlassen, wenn wir es dir in Schriftform mitteilen. Jetzt lasst uns anfangen, bevor es dunkel wird«, sagte Billy und hüpfte die Stufen hinunter.

In jenem unbeobachteten Augenblick streckte Nick die Hand nach ihm aus und berührte flüchtig seine Finger. Brennan fühlte einen Stromschlag. Er dachte an den Kuss und es kribbelte unter seiner Haut.

Nick ging ihm voran und Brennan berauschte sich weiter, indem er ihn anstarrte, als hätte er soeben erst sein Augenlicht geschenkt bekommen.

Sie wanderten in den Wald hinein, bis sie an eine Lichtung kamen. Ein paar Klappstühle standen herum und ein Kasten aus gut gepflegtem Holz hing an einen Baum genagelt ein paar Schritte neben ihm. Darin standen unzählige Farbtuben, manche von ihnen waren fast leer und voll von farbigen Fingerabdrücken, während andere neu gekauft schienen.

»Haben wir aufgebaut, als wir noch dachten, du erscheinst pünktlich«, kommentierte Billy, der seinem Blick gefolgt war.

»Ich entschuldige mich noch mal in aller Form«, sagte Brennan und nahm dankend ein Paar Handschuhe an, welches Nick ihm reichte.

»Wir haben dir verziehen«, erwiderte Billy, während er an den Bändern seiner Kapuze nestelte. »Obwohl ich das Gefühl hatte, dass Nick gar nie wirklich böse auf dich war.«

Daraufhin lächelte Nick, eine Spur Verlegenheit hinter all der Coolness. »Ich bin eben nicht so nachtragend wie du. Jetzt lasst uns aufhören zu reden und anfangen.«

*

Eine halbe Stunde später hatten sie etwas geschaffen, das nicht weniger wie ein Schneemann aussehen könnte.

Gut, es hatte niemand davon gesprochen, dass sie einen Schnee*mann* bauen würden, wenn Brennan sich recht erinnerte. Er hatte bloß angenommen, dass das der Sinn ihrer Unternehmung sein würde. War es nicht.

Vor ihnen stand ein … nun, Gebilde. Riesig und klobig hatten sie es mithilfe von Kübeln aus weißer, kalter Masse entstehen lassen.

Nick klopfte Billy auf die Schulter. »Das war's. Das Feld gehört dir.« Er bedeutete Brennan mit einem Nicken, mitzukommen, und sie zogen sich auf die Stühle zurück, die sich unter seinem Hintern scheißkalt anfühlten.

Brennan warf Nick einen flüchtigen Blick und ein Lächeln zu. Beides wurde erwidert. Dann beobachtete er Billy dabei, wie er vor dem Kasten mit Farben überlegte, ein paar Tuben herausnahm und zu ihrem Schneemonster zurückstapfte. Dort blieb er stehen, sah zu ihnen herüber und bohrte mit der Stiefelspitze im Schnee. »Brennan muss sich umdrehen, bis ich fertig bin«, murmelte er.

Brennan kam dem Wunsch nach, indem er sich mitsamt des Klappstuhls umpositionierte. Er war fremd hier und konnte nicht jedermanns vollstes Vertrauen verlangen. Der Wald erstreckte sich vor ihm, aber aus dem Augenwinkel betrachtete er Nicks Profil und ließ sich von dem Schmunzeln dieser schönen, weichen Lippen bezaubern, die er zu gerne noch einmal küssen würde.

Billy ging eifrig zur Sache – was auch immer sie sein mochte. Das Knirschen unter seinen Sohlen verriet ihn. »Mein Dad hat es gehasst«, sagte er irgendwann.

»Was hat dein Vater gehasst?«, fragte Brennan mit gerunzelter Stirn, während Nick neben ihm kummervoll den Kopf senkte.

»Na ja«, begann Billy zögerlich, »mich.«

Auf eine derartige Offenbarung hatte Brennan keine Antwort parat.

Billy sprach weiter: »Er hat meine Mum verlassen, nachdem sie mich geboren hat, weil er dachte, sie hätte mich so gemacht, wie ich bin.«

»An dir gibt es nichts zu hassen«, brachte Brennan endlich hervor. Wie könnte man einen Menschen hassen, der so gutmütig und freundlich war? So frei von Vorurteilen und Verurteilungen, von denen andere stets genug bereithielten.

»Bin halt nicht wie andere. Das hat er nicht ertragen. Manchmal hab ich Angst, dass Bobby mir übelnimmt, dass ich unseren Vater vertrieben habe.«

»Das tut er nicht«, mischte Nick sich ein. Bestimmt, doch sanft.

Unangenehme Stille breitete sich aus, schien den ganzen Wald zu umhüllen und sie unter einer Kuppel einzuschließen.

Billy war derjenige, der das Schweigen vertrieb. »Meine Eltern sind tot, Nicks Eltern sind tot, Brennans Eltern sind tot. Wir sind der Club der Waisen.«

»Wie ist es eigentlich passiert?«, fragte Brennan leise.

»Ein Jäger, zwei Kugeln.«

»Wie war deine Mum, Brennan?«, fragte Billy.

»Ich war noch ein Kind, als ich sie verloren habe. Autounfall. Hab kaum noch Erinnerungen an sie«, sagte Brennan und sah stur zwischen den Bäumen hindurch, weil er bemerkte, wie Nick ihn ansah. Unter der Musterung wurde ihm mulmig, weil er ihr dieses Mal nicht aus Leidenschaft oder Anziehung unterzogen wurde.

»Und dein Vater?«, fragte Billy gepresst, als würde er sich um etwas bücken, das ihm auf den Boden gefallen war.

Brennan stieß Luft aus und fuhr sich durchs Haar. Er war versucht, sich irgendeine Geschichte auszudenken, um nicht die bittere Wahrheit sagen zu müssen. Aber nachdem Billy ihm – dem Neuen – sein Herz ausgeschüttet hatte, wäre es unfair. »Der hat ganz gern mal ordentlich zugeschlagen.« Scham und Wut brachten ihn dazu, die Zungenspitze gegen die Zähne zu pressen. »Wir konnten uns nicht leiden, deshalb war ich nicht besonders traurig, als er von uns ging. Ich war eher erleichtert.« Den letzten Satz fügte er fast flüsternd hinzu, weil er sich dafür verachtete. Es tat weh. Irgendwo in seinem Inneren lag so etwas wie Liebe für seinen Vater vergraben. Die fühlte sich nun mit Füßen getreten.

Er war kurz abwesend, dann spürte er Nicks Hände auf seinen Schultern, wie sie ihn behutsam streichelten. Brennan hielt den Atem an und seine Brust füllte sich mit Wärme. Er fühlte sich angenommen, wie er war. Was natürlich Unsinn war, denn Nick kannte ihn nicht gut genug, um sich seiner vielen Unzulänglichkeiten bewusst zu sein. Die Erste hatte er soeben zugegeben: sich trotz all der Muskeln und Stärke nicht gegen seinen eigenen Vater wehren zu können. Dafür hatte er sich schon immer geschämt.

Die Scham wurde im nächsten Moment unwichtig. Nick, der hinter ihm stand, beugte sich vor und drückte ihm einen Kuss auf den Scheitel. Und noch bevor Brennan sich von dem Schock erholen konnte, vergrub Nick die Nase in seinem Haar, um an ihm zu riechen. Gänsehaut und Herzzittern akut.

»Paul Mitchell's Teebaumöl Spezial«, würgte Brennan hervor, als wäre es von Belang, mit was er sich die Haare wusch. Er glaubte kaum, dass es hierum ging.

»Du bist kein Mann für Truman's?«, fragte Nick, während er ihm die Schultern massierte und mit kühlen Fingern eine Verspannung löste, die Brennan seit Wochen genervt hatte. Er konnte sich gerade noch ein Seufzen verbeißen.

»Das mit der englischen Bulldogge auf der Verpackung?«

»Mhm.«

»Hatte Angst, nach Hund zu riechen, wenn ich das benutze«, scherzte Brennan, doch seine Stimme war dermaßen rau, dass er lächerlich ernst klang.

»Du riechst jedenfalls unwiderstehlich«, hauchte Nick an seinem Ohr.

Zu einer Erwiderung blieb Gott sei Dank keine Zeit.

»Ihr könnt jetzt schauen«, sagte Billy stolz.

Nick gab ihn bedauerlicherweise frei und trat zurück, damit Brennan aufstehen konnte. Dabei wollte er viel lieber weiterhin die zärtlichen Berührungen genießen, die fast zu vertraut schienen, um zwischen ihnen stattzufinden. Seine Beine fühlten sich schwach an, aber er schaffte es, nicht in die Knie zu gehen.

Er drehte sich um und stockte. Ein Lächeln schlich sich auf seine Lippen und seine Augen wurden schmal.

An ihrem aufgehäuften Klumpen war kein Fleckchen Schnee mehr frei. Alles war mit Farbe bedeckt. Die Malerei ließ keine Form und kein Muster erkennen und war dennoch harmonisch. Die Farben ließen den einst weißen Hügel wie ein lebendiges Kunstwerk wirken. Billy hatte etwas Einzigartiges geschaffen.

»Das ist wunderschön«, murmelte Brennan und schüttelte den Kopf, weil der Anblick so unerwartet kam.

»Oh, er schmeichelt mir«, kicherte Billy und wurde rot.

»Er schmeichelt dir nicht, er ist völlig zu Recht beeindruckt von dir«, korrigierte Nick mit einem hübschen Grinsen.

»Jetzt schmeichelst du mir auch noch«, murmelte Billy und zog verschämt lächelnd den Kopf ein, während er mit den Händen wedelte, als wolle er sie beide und ihre Komplimente verscheuchen. »Ich mache nur das, was mir Spaß macht. Ist doch kein Wunder, dass ich gut darin bin.«

»Von dir kann so mancher noch was lernen, Billy«, sagte Brennan.

»Soll ich ein Foto machen?« Nick zog sein Handy aus der Hosentasche.

Billy ergriff Brennans Hand und zog ihn mit sich vor sein Kunstwerk, obwohl Brennan schwach protestierte, da er ja gar nichts dazu beigetragen hatte.

Nick tippte lächelnd auf den Auslöser. »Perfekt.« Plötzlich verspannte er sich und setzte seine düsterste Miene auf. Seine Aufmerksamkeit galt nicht länger dem Smartphone oder ihnen. Er lauschte in den Wald.

Dann hörte auch Brennan, dass sich jemand näherte. Billy japste nach Luft und zerquetschte ihm fast die Finger.

Sobald Nick ausgemacht hatte, aus welcher Richtung die Schritte kamen, stellte er sich zwischen jene und Billy samt Brennan. Er hob die Nase, um Witterung aufzunehmen, doch er hatte Rückenwind, der ihm das Haar ins Gesicht schlug. »Wer ist da?«, knurrte er die Bäume an, die sich nicht teilen wollten, um den Eindringling zu enttarnen.

Brennan versuchte, das flaue Gefühl im Magen zu ignorieren, aber es wurde intensiver, anstatt zu verschwinden. Hatte Slick jemanden geschickt, der es zu Ende bringen sollte? Würde er jetzt für den Diebstahl und Newcombs Tod büßen? Und seine neu gewonnenen Freunde mit hineinziehen? Mit ein paar schnellen Schritten war er an Nicks Seite, doch der überraschte ihn.

»Bleib, wo du bist«, befahl Nick und drängte ihn zurück, indem er ihm die Hand an die Brust legte.

Brennan begriff nicht, was hier lief. Er war groß, er war muskulös und er war durchtrainiert. Trotzdem stellte Nick sich schützend vor ihn. Was zur Hölle? Sein Magen verkrampfte sich, aber nicht angenehm. Er sah seine einzigen Qualitäten heruntergespielt, indem sie von Nick nicht bemerkt oder schlicht übergangen wurden.

Dann erschien Bob auf der Lichtung. »Ich bin's.«

Die Spannung verließ Nicks Körper mit einem Ausstoßen von Luft. »Verdammt, kannst du dich nicht früher zu erkennen geben? Ich dachte, es sei irgendein rachsüchtiger Ganove, der es auf Brennan abgesehen hat!«

»Dann wäre es vielleicht die beste Idee, nicht mehr mit den beiden herzukommen, bis die Angelegenheit ausgestanden ist.«

»Unnötig«, biss Nick zurück. »Du weißt, dass ich sie beschützen kann.«

In Bobs Augen blitzte etwas auf. »Und trotzdem bist du nervös. Ich rieche deine Angst.«

Brennans Kränkung verwandelte sich in etwas anderes, als er begriff, dass Nick sich Sorgen um ihn machte. Er betrachtete dessen Profil, das rabenschwarze Haar und die Narben, die er meist übersah. In seinem Bauch regte sich ein Kribbeln.

Nick und Bob maßen sich mit Blicken. Es war ein stummes Duell, das Bob schließlich beendete, indem er sagte: »Kellan schickt mich. Zeit fürs Abendessen. Komm, Billy, wir gehen nach Hause.«

Billy packte seine Sachen zusammen und drückte seinem Bruder die Kiste an den Bauch. Er schien nicht begeistert von dessen Eingreifen. Dieser Eindruck bestätigte sich, als er sich zu Brennan und Nick umwandte und mit herausgestreckter Zunge eine Grimasse schnitt.

Nick würdigte Brennan keines Blickes, schien es gar absichtlich zu vermeiden, und setzte sich in Bewegung. Gemeinsam gingen sie zurück zum Dorf.

*

Mit halb gesenktem Kopf hielt er Brennan die Tür auf und trat dann selbst in die aufgeheizte Küche. *The Ronettes* empfingen ihn mit »Be My Baby« und er machte ein gequältes Gesicht. Nicht wegen der Musik, sondern weil er kaum Luft bekam. Er ging zur Spüle und tat, als müsse er sich gründlich die Hände waschen. Er brauchte nur einen kurzen Moment Ruhe, um wieder zu Atem zu kommen.

Archie saß bei Tisch und versteckte sich hinter der Tageszeitung. Kitty deckte summend auf. Kellan stand am Herd und warf Nick einen besorgten, doch nicht überraschten Blick zu, bevor er sich an Brennan wandte: »Setz dich. Kitty durfte heute aussuchen, was wir zum Abendessen hören. Wir sind wieder mal beim Soundtrack von *Dirty Dancing* angekommen.«

»Der Film ist 30 Jahre alt und quält immer noch Männer rund um den Globus«, kommentierte Archie, ohne von der Zeitung aufzusehen.

Brennan rückte sich hörbar einen Stuhl zurecht.

Nick schloss die Augen und lehnte die Stirn an den Hängeschrank über dem Waschbecken. Auf dem Rückweg hatte er sich in wilde Fantasien verrannt, die ihm den Herzschlag beschleunigt und ihm die Lungen zugeschnürt hatten. Er biss die Zähne zusammen. Die Erinnerung an den gestrigen Abend holte ihn ein. Er sah Brennan im Schnee liegen, eine Pistolenmündung an der Schläfe. Nur ein paar Sekunden und es wäre zu spät gewesen. Die Musik entfernte sich und er hörte nur noch ein Surren in den Ohren. Schwindel befiel ihn, er schmeckte eisernes Blut, sah es spritzend das Weiß besudeln. Irgendjemand sprach hinter ihm, doch er verstand kein Wort. Alles klang so dumpf, als hätte man ihn in Watte gepackt.

Er zuckte zusammen, als ihn eine Hand sanft berührte.

»Nick«, murmelte Kellan. »Es wird nicht besser, wenn du wartest. Du röchelst schon. Hier.« Er schüttelte ein Asthmaspray auf und reichte es Nick.

Nick sah ein, dass es keinen Zweck hatte, und nahm das verdammte Ding, umschloss die Öffnung mit den Lippen, holte langsam Luft und löste zugleich einen Sprühstoß aus. Er atmete weiter ein und hielt das Medikament in den Lungen, damit es sich dort verteilen konnte. Es tat seine Wirkung und er entspannte sich.

Die Ruhe währte nicht lange, denn er begriff, dass es nicht Kellans Hand war, die immer noch in seinem Rücken lag. Es war Brennan, der zu seiner Linken stand und ihn sorgenvoll musterte.

Ein Prickeln quälte sich zwischen Nicks Schulterblättern hinab. Eilig schüttelte er Brennan ab und wollte so tun, als wäre nichts. Er hatte nicht mit Archie gerechnet, der eine weitere Spraydose aus dem Wohnzimmer geholt hatte und sie wortlos Brennan reichte, bevor er sich wieder setzte.

Kitty sagte mitleidig und müde: »Fast jeder im Dorf hat ein Spray. Bloß Nick will nicht einsehen, dass er es manchmal braucht.«

»Ich brauche es nicht. Und er ganz sicher auch nicht«, fuhr Nick sie an und wollte Brennan das blöde Teil wegnehmen.

Brennan ließ es nicht zu. Er schubste ihn mit der Linken fort und schob sich das Spray in die Hosentasche. Sie starrten sich böse an. Nick wollte ihm in die Jeans greifen, aber Brennan umfasste sein Handgelenk mit kalten Fingern und hielt ihn fest. Als Nick die freie Hand ausstreckte, wurde auch diese gepackt und Brennan zog ihn mit einem Ruck an seine Brust. Nick erstarrte mit einem Keuchen und Hitze erfasste ihn.

»Lasst den Unsinn und setzt euch«, brummte Kellan.

Sie gehorchten und vermieden es, einander in die Augen zu sehen. Kellan holte seinen berühmten Hirschbraten aus dem Ofen und tranchierte ihn.

Kitty reichte jedem ein Schälchen mit Preiselbeerkonfitüre und stellte die Schüsseln mit den Beilagen auf den Tisch. Nick tat sich reichlich Apfelrotkohl und Bratkartoffeln auf, die nach Rosmarinsalz dufteten.

»Wo ist Foreman?«, fragte er heiser und deutete auf den frei gebliebenen Stuhl.

»Telefoniert mit seiner Tochter. Kann länger dauern. Brennan soll ihm eine Portion mit rüber nehmen«, antwortete Kellan, während er das Fleisch brachte.

Alle langten ordentlich zu. Es war saftig, zart und perfekt gewürzt, aber dezent genug, um den Eigengeschmack nicht zu überdecken.

Brennan leckte sich alle paar Bissen die Lippen, was Nick fast in den Wahnsinn trieb. Der Kuss kam ihm in den Sinn und er ermahnte sich zum aberhundertsten Mal, dass das alles zu schnell ging. Er musste einen Gang zurückschalten, wenn er es nicht wieder in den Sand setzen wollte. Und das wollte er bei Gott nicht, wenn es um Brennan ging.

»Hast du die Nase schon in eines deiner Bücher gesteckt?«, fragte Archie und heftete den Blick auf Kitty, die darunter zu schrumpfen schien.

Kellan sprang ihr bei. »Wir waren heute unterwegs, das weißt du doch. Außerdem sind Ferien. Lass sie die Zeit genießen.«

»Sie verliert den Bezug, wenn sie nicht lernt.«

»Daddy«, flehte Kitty mit gequälter Miene. »Können wir das Thema für ein paar Tage begraben?«

»Oh, zu Grabe tragen sollen wir es schon? Dann ist es bereits beschlossene Sache, dass du nicht auf die Uni zurückgehst, wenn das neue Semester beginnt?«

Stille breitete sich aus. Kitty und Kellan zogen die Köpfe ein, als müssten sie sich vor einem Kreuzfeuer schützen. Manchmal wirkten Archies Vorwürfe tatsächlich wie ein solches.

»Worum geht es denn?«, fragte Brennan.

Archie ergriff das Wort, nachdem er sich mit einer Serviette die Lippen abgetupft hatte. »Meine Tochter meint, sie müsse nicht studieren, sondern könne hier im Dorf bleiben. Sie weiß noch nicht, dass sie das für den Rest ihres Lebens bereuen würde. Sie weiß nur, dass sie in Santiago verliebt ist und die Ausflüge genießt, die mein Lebensgefährte mit ihr unternimmt.«

Erneut hüllten sich alle in Schweigen. Nur das Besteck klapperte zurückhaltend auf den bunt zusammengewürfelten Tellern.

»Nick hat auch nicht studiert und trotzdem sagst du, dass du ihn für einen der klügsten Männer hältst, die du kennst«, nahm Kitty die Unterhaltung wieder auf.

Archie trank einen Schluck Rotwein und enthielt sich einer Erwiderung.

»Du hast nicht studiert?«, fragte Brennan und klang verwundert.

Nick schüttelte den Kopf.

»Ich hatte es irgendwie angenommen. Wegen der vielen Bücher.«

»Mein Ehrgeiz wird behindert durch meine Faulheit.«

Brennan lachte – wieder so ein perfektes Lachen, das ihm das Herz wärmte.

Kellan schnitt eine spöttisch-verächtliche Grimasse. »Tu ihm nicht den Gefallen und lach für ihn, wenn er sich die Lorbeeren eines anderen umhängt. Das ist nicht von ihm, sondern von Bukowski.«

»Bukowski?« Brennan legte die Stirn in Falten und sein Schmunzeln wirkte verkrampft.

»Charles Bukowski«, versuchte Nick, ihm auf die Sprünge zu helfen, doch der Name schien nichts hervorzurufen.

Archie verdrehte die Augen. »Schriftsteller und Dichter der 80er. Keine Schande, ihn nicht zu kennen. Er war in Europa, insbesondere Deutschland, viel berühmter als hier. Darüber hinaus war er ein Säufer mit einer Tendenz zu Rassismus und Sexismus, wie ich meine.«

»Ich teile derartige Ansichten nicht«, sagte Nick.

»Das wissen wir alle, auch ohne dass du es erwähnst«, konterte Archie. »Oh, ich verstehe. Du willst Brennan mitteilen, dass du kein Arschloch bist.« Er wandte sich an Brennan und erklärte ernst: »Nikolaj ist kein Arschloch.«

Nick stöhnte peinlich berührt und wischte sich übers Gesicht. Seine Haut war leicht erhitzt. Er nickte hämisch. »Danke, Archie. Das Genie besitzt die Fähigkeit, eine tiefsinnige Sache simpel auszudrücken.«

»Wieder Bukowski?«, fragte Brennan mit jener dezenten Traurigkeit im Blick, die auch dort gelegen hatte, als er sich die Bücher angesehen hatte.

»Andere Männer sprechen in Rätseln, Nick in Bukowski-Zitaten«, lachte Kitty.

Nick grinste. »Piss mir nicht ans Bein.«

»Das könnte auch von Bukowski sein, was uns zu denken geben sollte«, warf Archie ein. »Ich habe mich damit abgefunden, dass du seine Bücher schätzt, bin aber heilfroh, dass du auch so viele andere Sachen liest.«

»Er hat immer ein Buch bei sich, musst du wissen«, sagte Kellan mit vollem Mund und schob gleich noch ein paar Kartoffelbrocken nach, nachdem er Brennan mit dem Ellbogen angestoßen hatte.

»Was ist es heute?«, fragte Kitty.

»Ulysses. James Joyce«, antwortete Nick und bemerkte, wie Brennan sich zunehmend unwohl in seiner Haut fühlte. Zeit, das Thema zu wechseln. »Hast du auch ein Hobby?«

Brennan zögerte lange, ehe er sagte: »Ich bin Football-Fan.«

Kitty und Kellan waren hellauf begeistert und verwickelten Brennan in eine Diskussion, welches Team den Super Bowl gewinnen würde, die Brennans Stimmung zu heben schien.

Archie und Nick hielten sich bedeckt. Nick lächelte über Brennans liebenswerten Feuereifer, in dem er mit den Armen gestikulierte, um seinen Standpunkt zu verdeutlichen. Seine Augen strahlten und seine Begeisterung ließ sein Gesicht wieder so seltsam jungenhaft wirken.

Nick konnte mit Football nichts anfangen, aber er hätte nichts dagegen, sich die Spiele mit Brennan anzusehen. Wenn das bedeutete, dass sie auf seiner Couch miteinander kuschelten, wenn er dabei Brennans Schultern massieren oder ihm den Kopf an die Brust und die

Arme um die Taille legen durfte ... Wer würde sich da noch am Football stören?

Nach dem Essen gingen sie aus dem Haus und leisteten Kellan noch bei seiner Verdauungspfeife Gesellschaft.

Brennan sah in die Nacht hinaus und wirkte nachdenklich. Vor ihm auf dem Geländer stand ein Teller mit Braten samt Beilagen in Alufolie gewickelt.

»Schön hier, nicht wahr?«, fragte Kellan mit einem seltsamen Unterton, den Nick zwar bemerkte, aber nicht zu deuten wusste.

Brennan nickte. »Es ist sehr ruhig.«

Was sollte das bedeuten? Vermisste er die Stadt mit ihren nie versiegenden Geräuschen und den Lichtern, die sich in die Nacht ergossen, um den Sternen die Show zu stehlen? Könnte er an einem Ort wie diesem glücklich werden? Würde er sich an die Stille und Weite gewöhnen? Oder würde ihn Sehnsucht übermannen und ihn in die Flucht schlagen?

»Ich liebe diese Ruhe«, seufzte Kellan. Mit seinen Worten strömte der Rauch seines letzten Pfeifenzuges aus seinem Mund, stieg in die Höhe und bewegte sich schlingernd Richtung Mond. »Sogar die Luft ist hier draußen besser. Na ja, ich wünsch euch eine gute Nacht.« Grinsend verzog er sich nach drinnen.

Nick lehnte sich mit dem Rücken an die hölzerne Brüstung. Er konnte die Wärme spüren, die von Brennan ausging, und betrachtete dessen Profil, die glatt rasierte Wange, das seidige Haar, die Muskeln an seinen Armen, die sich unter dem Stoff der Jacke abzeichneten. Sie sahen sich flüchtig an und schenkten sich ein Lächeln.

Sie mochten sich. Und die sexuelle Anziehung zwischen ihnen war enorm.

»Du hast dich Billy gegenüber sehr liebenswert verhalten«, sagte Nick rau.

»Er ist auch ein sehr liebenswerter Mensch.«

Aber nicht alle konnten mit seiner Beeinträchtigung und seiner Art umgehen, wie Nick wusste. »Es war ihm wichtig, dass du heute mitkommst.«

»War's dir auch wichtig, dass ich mitkomme? Oder war ich nur ein geduldetes Übel?« Brennan wollte offenbar scherzhaft klingen, was ihm nicht gelang.

Nick vergrub die Hände tiefer in den Hosentaschen. »Mir war's auch wichtig«, gestand er und ihre Blicke trafen sich, was in seiner Magengrube ein Flimmern auslöste. Er beugte sich vor und drückte Brennan einen Kuss auf die Wange. Erregung überkam ihm heiß und elektrisierend, dazu dieses verfluchte Kribbeln im Bauch.

Brennan keuchte kaum hörbar und seine Schultern erbebten, während er sich aufrichtete, nachdem er die Unterarme zuvor auf dem Geländer hatte ruhen lassen. Seine Miene hatte sich verändert, hatte nichts Jungenhaftes mehr an sich, sondern strahlte pure Männlichkeit und Verlangen aus. Er legte Nick die Hände an die

Taille und berührte in einer zärtlichen, austestenden Liebkosung mit der Nasenspitze seine Schläfe. Nicks Blut verwandelte sich in Lava, die sich durch seine Adern quälte. Seine Finger fanden den Weg an Brennans Brust und strichen sie andächtig entlang. Brennan kam näher, drückte ihn behutsam gegen das Holz. Ihre Gesichter waren sich so nah. Ihre Blicke hielten aneinander fest, ihr Atem vermischte sich und wurde eins in Wölkchenform. Jeden Moment würden sie sich küssen. Jede Sekunde konnten ihre Lippen sich berühren – in einem Kuss, der Nick ebenso aus der Bahn werfen würde wie der erste.

Da bemerkte er aus dem Augenwinkel, wie Kellan auf der Kommode nahe dem Fenster etwas *suchte*, um sie zu beobachten und wie ein Idiot zu grinsen.

Nick rief sich zur Vernunft. Wollte er nicht einen Gang zurückschalten, um die Sache nicht zu vermasseln? »Ich sollte gehen«, brachte er heiser hervor und schob Brennan von sich. »Gute Nacht.«

Und da lag schon wieder dieser enttäuschte, verwirrte und vielleicht gar verletzte Ausdruck auf Brennans Gesicht. Nick wandte sich eilig ab.

Auf dem Weg zu seiner Hütte drehte er sich nicht um, denn das würde seinen Entschluss, es langsam angehen zu lassen, empfindlich ins Wanken bringen. Nein, es würde ihn *vernichten*.

7

Foreman verschlang das mitgebrachte Abendessen, als wäre er vollkommen ausgehungert von einer Expedition auf den Mount Everest zurückgekehrt.

Brennan saß frisch geduscht und in sauberen Klamotten auf der Couch. In Gedanken war er bei Nick und dem Kuss, den er verbockt hatte, ohne zu wissen, wie.

War er zu forsch oder zu zaudernd vorgegangen? Wie hatte er Nick dazu gebracht, ihn erneut abzuweisen? Er wollte eine Antwort, damit er es beim nächsten Mal besser machen konnte. Aber würde er eine weitere Chance bekommen?

»Weißt du«, begann Foreman mit vollem Mund. »Meine Tochter ist ein Engelchen. Und das sage ich nicht bloß, weil ich ihr Vater bin. Jedenfalls, und das darf wiederum *nur* ich sagen, weil ich ihr Vater bin, kann sie auch ein ziemliches Miststück sein.«

»Wie das?«, fragte Brennan, um seinen Gastgeber nicht mit mangelndem Interesse zu enttäuschen.

»Oh, sie hat ihrem Exmann kräftig eins ausgewischt und dafür gesorgt, dass er sich von ihr und den Kindern fernhalten muss. Der Erzeuger meiner Enkel ist ein Stück Scheiße«, sagte Foreman, den er noch nie mit so derben Ausdrücken um sich werfen gehört hatte. Seine Züge wurden jedoch sofort wieder weich. »Meine

Enkel. Ich habe zwei Stück davon. Zwillinge. Ein Mädchen und einen Jungen. Allison und Michael. Sie sind Goldschätzchen. Allison ist wahnsinnig gut im Baseball und kommt dadurch kaum zum Lernen, was ihrer Mutter Kopfzerbrechen bereitet. Ich seh das nicht so eng. Sie wird schon den richtigen Weg finden, sie ist noch jung. Michael interessierte sich sehr für Chemie, aber im Augenblick sind die Mädchen wichtiger.« Foreman lachte, bevor er ernst wurde. »Leider seh ich die drei kaum.«

»Warum nicht?«

»Weil sie fast am anderen Ende der Staaten wohnen und meine alten Knochen nicht mehr zum Reisen aufgelegt sind. Na jedenfalls hat dieser Abschaum von Mann meine Tochter ein paar Mal geschlagen. Sie dachte, er würde sich ändern, weißt du. Das denken sie alle. Manche hören nie damit auf, das zu denken. Aber meine Beth war klug genug, zu erkennen, dass sie ihn verlassen muss. Hat sie dann auch getan. Zum Glück für dieses Arschloch hat sie mir erst alles erzählt, als es schon durchgestanden war.« Foreman machte eine Pause und starrte ins Leere. »Ich hätte ihn in Stücke gerissen, wenn er sich nicht bereits aus dem Staub gemacht hätte.«

Brennan runzelte die Stirn. Der Fernseher murmelte leise vor sich hin und Foreman widmete sich wieder seiner Mahlzeit.

»Kannst du sie nicht herholen? Oder zu ihnen ziehen?«, schlug Brennan vor.

Foreman schnaubte mit einem Grinsen und leckte das Besteck sauber, ehe er es zur Seite legte und sich in seinem Fernsehsessel zurücklehnte. »Hierher? Das würde nicht gut gehen. Und ich bin hier verwurzelt. Ich werde an diesem Ort sterben.«

»Warum bedeutet es dir so viel? Dieses Dorf?«, forschte Brennan vorsichtig nach.

»Ich hab hier meine Familie«, sagte Foreman ganz selbstverständlich und als er Brennans irritierten Blick bemerkte, lachte er. »Eine andere Art von Familie. Die mir Halt gibt und mich nimmt, wie ich bin. Die meine Geheimnisse hütet und bis aufs Blut verteidigen würde. Die mich beschützt und mich zurechtweist, wenn es sein muss. Leute, die sich um mich kümmern und mich ertragen. Ich liebe meine Tochter und sie mich, aber das heißt nicht, dass wir zusammenleben könnten.«

Brennan schwieg. Er hatte nie eine richtige Familie gehabt. Weder jemanden, der mit ihm verwandt war, noch jemanden, der sich ihn ausgesucht hätte.

Ein paar Freunde hatte er gehabt, die schnell verschwunden waren. In seinem Leben war nie etwas von Dauer gewesen. Es hatte nie etwas gegeben, das geblieben war. Flüchtige Bekanntschaften, bedeutungslose One-Night-Stands, die aus seinem Bett geflohen waren, bevor der Morgen angebrochen war. Ein Grinsen, ein

Nicken, ein Bye, dann fiel die Tür zu und er war wieder allein.

»Brennan?«

Er zuckte zusammen und erwiderte Foremans forschenden Blick. »Ja?«

»Ist alles in Ordnung? Du wirkst bekümmert.«

»Alles in Ordnung.«

»Du bist die ganze Zeit schon so still. Ist beim Abendessen was vorgefallen?«

»Nein. Was sollte vorgefallen sein?«, erwiderte Brennan und fühlte sich wie ein kleiner Junge, der nach der Schule am Küchentisch ins Verhör genommen wurde. Eine Situation, die er im Übrigen nur aus der Glotze kannte, da sein eigener Vater sich kaum mit ihm beschäftigt hatte. Na zumindest nicht auf diese Weise.

»Ein Streit? Mit Nick vielleicht?«, bohrte der alte Mann weiter.

Brennan schluckte und Foreman bemerkte das, wie sein nach unten wandernder Blick bestätigte. »Nein«, murmelte er trotzdem. Sie hatten ja auch nicht gestritten.

»Hm«, brummte Foreman, kratzte sich an der allmählich grau werdenden Augenbraue und breitete eine Patchwork-Decke über seinen Beinen aus. »Weißt du, Nick gibt sich gerne, als würde man ihn mit der Kneifzange anfassen müssen, aber im Grunde genommen braucht er den Samthandschuh.«

Dann war Brennan eindeutig zu kühn vorgegangen und musste sich für sein flegelhaftes Benehmen entschuldigen. Er hatte sich von Nick herausgefordert und ermutigt gefühlt, aber offenbar war er zu weit gegangen. Schon zwei Mal.

Sein Erheben war fast ein Aufspringen. »Ich muss noch mal weg.«

»Und wieder lässt du mich einfach sitzen«, lachte Foreman, zwinkerte ihm aber aufmunternd zu.

Erst als er draußen war, schlüpfte Brennan in seine Jacke. Die Schnürsenkel seiner Stiefel waren offen und baumelten im Schnee, durch den er zu Nicks Hütte eilte.

Die Strecke war nicht weit und doch schien ihm eine schiere Ewigkeit zu bleiben, in der ihm tausende Gedanken durch den Kopf schossen.

Nick und er hatten keinerlei Gemeinsamkeiten. Nick war intelligent und wortgewandt, wenn er denn mal etwas sagte. Er liebte Bücher und deren Autoren, er gab kluge Sachen von sich, war gebildet und scharfsinnig.

Brennan war von der Schule gegangen, weil seine Noten so grottig gewesen waren, dass selbst die anderen Schüler ihn dafür verhöhnt hatten. Er hatte nicht besonders viel für das Lesen übrig, sondern hockte ganz gern mal einen Abend vor dem Fernseher, um sich berieseln zu lassen. Das passte nicht zusammen.

Trotzdem stieg er die Stufen hoch und klopfte. Nichts hätte ihn aufhalten können.

Als die Tür aufging, erkannte er die leisen Gitarrenklänge und die sanfte Männerstimme. Er war überrascht und dermaßen erleichtert, dass er leise Luft ausstieß. Sie hatten also doch etwas gemeinsam. Sein Herzschlag ging ihm durch.

»Du hörst Fink«, sagte er, noch bevor die Tür ganz offen war.

Dann blickte er in Nicks Augen. Sie waren türkis. Nicht nur schimmernd, sondern schlicht und ergreifend türkis. Überwältigend.

»Kontaktlinsen«, erklärte Nick angesichts seiner offenkundigen Verwirrung.

Brennan war wie gelähmt. In seinem ganzen Leben hatte er sich von nichts und niemandem einschüchtern lassen. Nicht von seinem schlagenden Vater, nicht von Slick Sonny Hard und seinen Hitmans. Doch Nicks Miene wirkte durch die Farbe seiner Augen so eisig, dass er sich abgelehnt fühlte und sich scheute, überhaupt den Mund aufzumachen.

Er hielt den Atem an, als Nick ihn musterte und die Hand ausstreckte, um ihn am Kragen seiner Jacke in die Hütte zu ziehen.

An der Schwelle ließ er all seine Vernunft liegen und kaum war die Tür hinter ihm in die Angeln geflogen, lagen sie sich in den Armen. Nick küsste ihn so heftig, dass alles Blut seines Körpers in seine Lenden gepumpt wurde. Brennan spielte mit Nicks Zunge und entlockte ihm ein tiefes Stöhnen, das durch ihn hindurch vibrierte. Nick fühlte sich erhitzt an, sein Haar weich, sein Körper hart. Brennan wurde schwindlig vor Erregung.

Auf dem Weg ins Schlafzimmer zerrten sie sich gegenseitig aus ihren Klamotten. Zu dem Zeitpunkt, in dem Nick sich auf sein Bett sinken ließ und Brennan mit einem Knie darauf lehnte, waren sie fast nackt. Heiße Haut an heißer Haut.

Nick streifte ihm die Boxershorts ab und leckte an seinen Hoden, sog sie tief in seinen Mund. Brennan knurrte vor Leidenschaft und musste sich an Nicks Schultern festklammern, um nicht das Gleichgewicht zu verlieren. Seine Eichel wurde von warmen, feuchten Lippen umschlossen und einen Pulsschlag später war sein Schwanz in Nick, steckte in dessen Kehle und pulsierte dort, als würde er gleich abspritzen. Brennan zog sich zurück, um einen vorzeitigen Samenerguss zu verhindern, doch die Lippen an seiner Penisspitze waren zu verlockend und er bewegte die Hüften, um wieder in Nicks willigen Körper einzudringen. Er bekam Gänsehaut.

Starke Hände kneteten seinen Hintern und ein mit Speichel befeuchteter Finger glitt in ihn, massierte seine Prostata. Brennan keuchte und packte Nick am Hinterkopf, um diesen perfekten, heißen Mund zu ficken, auf den er im Geheimen Besitzansprüche stellte. Er brauchte nur ein paar Stöße, um einen Orgasmus zu erreichen. Sein Schwanz pumpte und Nick schluckte mit einem leisen Stöhnen.

*

Er leckte Brennan sauber, ließ sich von dem intimen Duft noch mehr berauschen und betrachtete dessen muskulöse, leicht behaarte Oberschenkel, deren Anblick ein paar weitere Lusttropfen auf seiner Eichel perlen ließ. Er hatte noch nie so wohlgeformte Beine gesehen.

Zu seiner maßlosen Verwunderung sank Brennan vor ihm auf die Knie, die sich im Bettvorleger vergruben. Sie küssten sich und Nick stöhnte erneut, als Brennan mit den Lippen seinen Kiefer, sein Kinn und seinen Hals erkundete. Er tat es mit einer Zärtlichkeit, die Nick verwirrte, doch zugleich auch mit einer fiebrigen Leidenschaft, die die Hitze in ihm steigerte. Brennan streichelte ihm die Brust und den Bauch, in dem ein einziges Durcheinander herrschte, und drückte ihn mit dem Rücken aufs Bett.

Nick war zum Bersten gespannt, sein Schwanz protestierte mit jedem Herzschlag gegen die verstreichende Zeit. Eine große Hand schloss sich um ihn, bewegte sich, spielte mit seiner Vorhaut, brachte ihn um den Verstand.

Brennan senkte den Kopf und küsste ihm die Brustwarze, leckte an ihr und hauchte seinen heißen Atem über die feuchte Haut, bevor er das Spiel wiederholte.

Nick fühlte, wie Brennan wieder hart wurde. Er spürte dessen harte Länge, die sich an seinem Schenkel zu reiben versuchte. Er schlang die Arme um Brennans

Hals, zog ihn an seinen Körper und öffnete den Mund, um eine Zunge einzulassen. Sein Bein schlang sich um Brennans Hüfte. Ihre verschwitzte Haut klebte aneinander.

Brennan vergrub das Gesicht in der Senke zwischen Nicks Hals und Schulter, atmete heftig ein und aus. »Ich will dich so sehr«, flüsterte er. Der Druck seiner Hand an Nicks Taille wurde fester, während er sich ganz auf ihn legte und seinen Schwanz mit einem Stöhnen an Nicks Po presste. »Du mich auch?«

Nick erschauderte bei diesen Worten, diesem Tun und griff in Brennans dunkelblondes Haar. Er begehrte ihn so sehr. Dann tat er das Unvernünftigste, das man sich vorstellen konnte. Er nickte und keuchte: »Ja.«

Brennan zog ihn mit sich hoch, sodass Nicks Kopf auf dem Polster landete. Nick griff in den Nachttisch, um Gleitgel und ein Kondom hervorzuziehen. Die Hitze in Brennans Blick versengte ihm fast die Haut.

Brennan drückte ein wenig Gel aus der Tube, zog mit seinen Lippen eine Spur nach unten. Er küsste Nicks Schaft, während er ihn mit den Fingern anfeuchtete und behutsam dehnte. Er machte ein erotisches Spiel daraus und Nick befürchtete, dass er nicht lange durchhalten würde. Knurrend griff er nach einem Kissen und presste es sich aufs Gesicht, um die Laute seiner Erregung zu dämpfen.

Bald spürte er Brennans Hände sachte an den Innenseiten seiner Schenkel und spreizte die Beine für ihn, ohne dass man ihn dazu drängen müsste. Er bebte vor Erregung und warf das Kissen neben sich, um Brennan ansehen zu können, wie er sich zwischen seinen angewinkelten Knien positionierte. Schweiß ließ seine Brust im Mondlicht schimmern und betonte sein aufreizendes Muskelspiel. Er war schön. Und er roch verdammt sexy, wenn er verschwitzt war.

Ihre Blicke begegneten sich, Brennans Augen schienen unter schweren Lidern um Erlaubnis zu bitten und Nick hob sich ihm anbietend entgegen.

Brennan schob sich vorsichtig in ihn. Inch für Inch. »Du bist so eng«, würgte er hervor und krümmte sich unter seiner Begierde. Sein Gesicht verzog sich vor Lust.

Nick biss sich bei dem Anblick auf die Unterlippe. Süßer Schmerz erfüllte ihn, vermischte sich mit seiner Geilheit. Brennan füllte ihn aus, nahm ihn in Besitz und die Wollust in Brennans Zügen war das Intensivste, das er wahrnahm. Zu wissen, dass er dafür verantwortlich war, gab ihm ein Gefühl von Macht.

Er griff Brennan an den Arm und zog ihn zu sich hinab. Sie küssten sich, als wollten sie einander fressen. Nicks Männlichkeit war zwischen ihnen eingeklemmt und rieb sich an harten, heißen Bauchmuskeln. Brennan zog sich zurück und glitt wieder tief in ihn, stöhnte ihm laut in den Mund, was Impulse in Nicks Unterleib sandte und ihn mit einem Japsen nach Luft abspritzen ließ.

Brennan war davon offensichtlich derart angetörnt, dass er nur drei weitere Stöße brauchte, um ein zweites Mal zu kommen. Wow, der Mann hatte Energie ... und ein ganz schönes Gewicht, wie er bemerkte, als Brennan sich auf ihn sinken ließ und ihn unter sich begrub, die Zähne immer noch in seinem Hals verbissen.

Nick war damit einverstanden, in die Matratze gedrückt zu werden. Er leckte sich die Lippen und schlang seine Arme und Beine um Brennan. Federleicht fuhr er mit den Fingerspitzen einen breiten Rücken auf und ab. Ihre Herzen pochten gegen die Brust des jeweils anderen – ein angenehmes Gefühl, das ihn wärmte. Nicht dass ihm nicht schon heiß genug gewesen wäre.

Brennan löste die Zähne von Nicks Fleisch und küsste die Stelle, an der mit Sicherheit ein Liebesbiss zu sehen war. Sein Kopf sank in das Kissen und er sah Nick von dort aus an. Er lächelte. Irgendwie schüchtern. Und sehr betörend.

Nick, dem sein Bauchkribbeln unheimlich war, grinste zurück und beugte sich vor, um Brennan einen kurzen, harten Kuss auf den Mund zu drücken. »Ja, ich höre Fink«, sagte er, als er sich der Musik bewusst wurde, die immer noch im Hintergrund lief. Er hatte sie völlig ausgeblendet. »Warum bist du gekommen?«

Brennan stieß in einem verlegenen Lächeln Luft aus. »Das hab ich vermasselt. Ich wollte mich eigentlich bei dir entschuldigen.« Seine Finger tänzelten auf Nicks Oberkörper herum, ein wenig zittrig.

»Wofür?«

»Ich dachte, ich wäre dir zu nahe getreten.«

Nick verdrängte die Verwirrung, die ihn flüchtig erfasste, und schnitt eine Grimasse. »Äh ... ich weiß nicht, wie ich dir das sagen soll, aber ... du steckst in meinem Hintern. Näher geht's ja wohl nicht.« Brennan lachte und Nick fügte hinzu: »Ich kann mich allerdings nicht erinnern, Einwände dagegen erhoben zu haben.«

»Ich hatte nur so ein Gefühl, wegen vorhin. Dass ich zu weit gegangen wäre.«

»Na, wenn nicht vorhin, dann sind wir definitiv *jetzt* zu weit gegangen.« Nick wollte scherzen, aber das Fünkchen Wahrheit, dass in dieser Aussage lag, legte sich wie ein Stein auf seine Brust. Er rieb sich die Schläfe gegen den Kopfschmerz und ein Keuchen entrang sich ihm, womit er genau das Gegenteil von dem erreichte, was er eigentlich wollte – Brennan bei sich haben.

»Ich bin schwer. Sorry«, murmelte dieser und zog sich aus ihm zurück, um sich neben ihn aufs Bett zu rollen und das Kondom loszuwerden. Damit wurde der Bann zwischen ihnen gebrochen, was Nick auf den harten Boden der Tatsachen zurückholte. Es tat im Herzen weh, als er aufschlug und seine Vernunft wiedererlangte.

»Du solltest gehen«, brachte er rau hervor und vermied es, Brennan anzusehen. Stattdessen starrte er an die Decke.

Nach einem Zögern, in dem eine Ewigkeit verging, setzte Brennan sich auf und schlüpfte in seine Shorts.

»Du wirfst mich also wieder raus«, murmelte er. Die Enttäuschung in seiner Stimme versetzte Nick einen Stich in die Brust, den er mit zusammengebissenen Zähnen zu ignorieren versuchte.

War es nicht eine Ironie des menschlichen Wesens, dass man in seiner Angst, jemanden zu verlieren, eben diesen jemand fortjagte?

In einem Anflug von Beschämung zog er sich die Decke über seine entblößte Männlichkeit. Er wischte sich übers Gesicht.

Brennan sammelte seine Kleidung zusammen. Seine Schultern waren hochgezogen, als würde er einen Schlag auf den Hinterkopf erwarten. Zuletzt stieg er in seine Schuhe, dann blieb er im Türrahmen des Schlafzimmers stehen, als hoffte er, Nick würde ihm sagen, er hätte es sich anders überlegt.

Nick sagte nichts. Er konnte nicht. Alles in ihm verkrampfte sich.

Brennan ging ohne ein Wort. Die Haustür fiel ins Schloss. Das Geräusch ließ Nick aus dem Bett springen, in Unterwäsche und Shirt schlüpfen und in die Küche eilen. Er wollte noch einen Blick auf Brennan erhaschen, um sich damit zu quälen, was er nicht haben konnte. Er entdeckte ihn jedoch nirgends und fühlte aufflackernde Sorge.

Einige Minuten verstrichen. Weit und breit war keine Menschenseele zu sehen.

Für den Bruchteil einer Sekunde sah er den Schatten eines Wolfes, der zwischen den Bäumen aus dem Dorf huschte.

Wo war Brennan, zum Teufel? Es war gefährlich, in den Wäldern umherzustreunen. Im Besonderen, wenn einem ein paar gefährliche Verbrecher auf den Fersen waren.

Panik befiel ihn und stahl ihm die Luft zum Atmen.

8

Nick rannte ins Schlafzimmer, stieg ungeschickt in seine Hosen und stürmte aus seiner Hütte, um nach Brennan zu suchen.

Er fand ihn.

Brennan saß auf der oberen der beiden Stufen, die zur Veranda heraufführten. Er hatte die Hände in den Nacken gelegt, sich offensichtlich des Öfteren das Haar gerauft und zuckte zusammen, als die Tür aufging. »Ich geh schon«, sagte er fremd klingend und stand auf.

Nick griff sich ans Herz, weil es den Geist aufzugeben schien. »Was du heute morgen gesehen hast, war keine Einbildung«, stieß er hervor.

Brennan hielt inne, seine Finger klammerten sich an das hölzerne Geländer. »Du willst mir sagen, dass du dich tatsächlich in einen Wolf verwandelt hast?«

»Ja.«

Ganz langsam drehte Brennan sich zu ihm um.

»Okay.«

»Okay?«, wiederholte Nick ungläubig und fragte sich, ob seine Atemlosigkeit von Brennans schönen Augen oder dessen bedingungsloser Akzeptanz des soeben Gesagten herrührte. »Ich sage dir, dass ich zu einem Wolf werden kann, wenn ich das will, und du sagst einfach nur *okay*?«

»Was soll ich denn sonst sagen? Ich hab es ja mit eigenen Augen gesehen.«

Nick schüttelte den Kopf. Bis auf Saint wusste niemand außerhalb des Dorfes von seiner Natur, aber er konnte sich nicht vorstellen, dass Brennans Reaktion auf sein Geständnis als normal zu bezeichnen war.

»Hast du denn keine Angst vor mir?«

Brennan fletschte die Zähne. »Doch, hab ich, aber nicht deswegen!«

Noch mehr Verwirrung. »Weswegen denn dann?«

»Weil du mir jedes Mal, wenn wir uns nahe kommen, sagst, ich soll abhauen!«

Nick zuckte angesichts Brennans sichtbarem Elend zusammen. Er hatte den Mann verletzt. »Ich hab's nicht so gemeint. Kommst du wieder rein? Bitte«, fügte er kaum hörbar hinzu und stieß die Tür auf.

Brennan zögerte, trat jedoch schließlich ins Warme. »Nachdem du mich fortgeschickt hast, nehme ich an, du hast dich nicht … auf mich geprägt oder wie man das nennt?«, fragte er schüchtern.

Nick unterdrückte ein Lachen. »Am besten vergisst du alles, was du über Gestaltwandler gehört, gelesen und gesehen hast. Die Realität ist nicht halb so aufregend, wie die Fiktion einem weismachen will.«

Brennan nickte schwach. »Deswegen die Abgeschiedenheit. Dann können sich auch die anderen verwandeln?«

»Nicht alle. Lorraine kann es nicht. Sie ist nur hier, weil James ein Wandler ist. Billy ist wegen seines Bruders da. Und Archie wegen Kellan. Kitty wegen Archie … und Santiago.« Er grinste erzwungen, weil er sich fragte, ob Brennan wegen *ihm* bleiben würde. Würde er sich auf ein solches Leben einlassen können? Würde er es überhaupt wollen?

Seine Gedanken gingen zu weit und er unterbrach sie, indem er erzählte: »Wir haben auch keinen Alpharüden oder was auch immer du dir vorstellst. Dafür eine Rangordnung, aber eine ziemlich menschliche, würde ich sagen. Na ja, möchtest du noch duschen, bevor wir schlafen gehen?« Ihm wurde schlagartig klar, dass Brennan über Nacht bleiben würde. Wieder kam ein Nicken zur Antwort.

*

Getrennt voneinander hatten sie geduscht und sich fürs Bett fertig gemacht. Nick hatte ihm ein sauberes Shirt geliehen, in dem er schlafen konnte. Es war ihm etwas eng, doch er fühlte sich wohl darin.

»Hey«, sagte Nick. Er saß auf dem Bett, als Brennan ins Schlafzimmer kam.

»Selber hey. Ist es dir wirklich recht? Ich kann auch gehen, wenn es dir lieber ist.«

»Ich muss dir noch was sagen«, stammelte Nick und wirkte nicht mehr wie der selbstsichere Typ, den er sonst darstellte. Er klopfte auf den freien Platz neben sich.

Brennan setzte sich, konnte die Wärme des anderen spüren und wurde hart, weil er sich daran erinnerte, wie sie nur eine halbe Stunde zuvor genau hier miteinander geschlafen hatten. Der beste Sex seines Lebens …

Nick holte hörbar Luft und fuhr fort: »Ich habe mich im Schlaf nicht unter Kontrolle. Es könnte sein, dass ich mich über Nacht verwandle. Es passiert selten, aber selten ist nicht nie.«

»Okay. Und was bedeutet das genau?«

»Das bedeutet, dass du neben einem Wolf aufwachen könntest«, erklärte Nick und machte ein sorgenvolles Gesicht.

Sein Profil zu betrachten löste so viele Gefühle in Brennan aus. Als er antwortete, war sein Tonfall sanfter als beabsichtigt. »Das macht mir nichts.«

»Brennan, langsam mache ich mir Gedanken um dich. Du kannst doch nicht alles, was ich sage, einfach mit einem Schulterzucken hinnehmen.«

»Tu ich aber«, konterte Brennan und beendete die Diskussion, indem er sich zu Nick hinüberlehnte und ihm die Wange küsste.

Nick stieß in einem leisen Lachen Luft aus. »Dich überrascht nichts so schnell.«

»Vielleicht bin ich abgehärtet, weil ich zu viel vor der Glotze hänge.«

Eine Weile saßen sie schweigend nebeneinander, dann erleichterte Brennan seine Seele. Das schien ein Ding in dieser Nacht zu sein. »Du hast mir das Leben gerettet.«

»Gern geschehen. Falls das ein Dankeschön war«, sagte Nick. »Du hast zu gut gerochen, um dich sterben zu lassen«, fügte er neckisch hinzu.

»Danke. Für das Kompliment und dein Eingreifen«, erwiderte Brennan und hob unwillkürlich die Hand, um die Narben zu berühren. »Woher hast du die?«

Nick zuckte kaum merklich zurück und fragte rau: »Stören sie dich?«

»Nein«, antwortete Brennan. »Ich will nur wissen, wer das getan hat.«

»Kellan«, grinste Nick zu seiner Überraschung. »Die Frau, der ich dein Handy gegeben habe, um es fortzuschaffen … die hat mich vor etwa zwei Jahren zu Archie gebracht, weil ich keinen Ort mehr hatte, an den ich gehen konnte. Ich hatte niemanden mehr. Meine Eltern wurden getötet, wie du weißt. Und der Mann, der mir wie ein zweiter Vater war, starb durch die Hand eines Feindes. Saint versprach mir, dass ich hier Zuflucht und vielleicht ein neues Zuhause finden würde, aber ich war nicht besonders willkommen.«

»Warum nicht?«

»Der Mann, für den ich als Fahrer gearbeitet habe, hatte keine reine Weste. Kellan hat irgendwann mal mit Mr. Alexeyev zu tun gehabt und ist von ihm über den Tisch gezogen worden. Jedenfalls vertraute er mir nicht. Niemand vertraute mir. Und ich war … wütend deswegen.« Nick senkte den Kopf, als würde er sich für diese Regung schämen. »Eines Tages war Kellan mit Billy im Wald unterwegs. Ich streunte in meiner Wolfsgestalt herum, um einen klaren Kopf zu bekommen. Kell hat Billy einen Moment aus den Augen gelassen, um ein Kaninchen aus einer Falle zu holen. Als er sich umdrehte, sah er, wie ich mich Billy näherte und dachte, ich wolle ihn angreifen. Er kam mir zuvor, verwandelte sich noch im Sprung und schlug mir seine Pranke ins Gesicht.«

»Was hast du getan?«

»Ich bin auf ihn losgegangen«, gestand Nick. »Ich bin nicht stolz drauf, aber mein Zorn hatte mich fest im Griff. Hab Kell in die Kehle gebissen. Vielleicht hätte ich weitergemacht, hätte Billy nicht die Hand an meine Flanke gelegt und mich gebeten, aufzuhören.« Wieder brauchte er eine Pause und Brennan ließ ihm Zeit. »Das hat mich zur Vernunft gebracht. Ich wollte dazugehören, aber dazu musste ich mich beweisen und nicht auf die Menschen losgehen, die mir Gutes wollten. Kellan und ich verwandelten uns zurück, lagen eine Weile im Schnee und ließen ihn von unseren Verletzungen rot werden. Ich dachte, es sei vorbei und sie würden mich wegschicken. Mich verjagen. Aber Kell stand auf und reichte mir die Hand.« Nick wandte sich ihm zu und schenkte ihm ein Lächeln, das Brennan wieder ein Zittern im Herzen einbrachte. »Seither gehöre ich dazu.«

Brennan erwiderte das Schmunzeln. Er konnte gar nicht anders. Wenn Nick ihn so ansah, musste er einfach lächeln.

»Sorry, das war ein bisschen viel Offenbarung für ein erstes Date«, lachte Nick unvermittelt. Seine Wangen röteten sich.

»Wir hatten ja auch schon Sex beim ersten Date«, scherzte Brennan.

Ein Schatten huschte über Nicks Gesicht, doch Brennan hatte keine Zeit, darüber nachzudenken, da Nick nach seinem Arm griff und ihn mit sich in die Kissen zog.

Nick kuschelte sich an seine Brust und Brennan umfing ihn mit den Armen. Er hatte noch nie eine Nacht mit jemandem im selben Bett verbracht und war dementsprechend nervös. Konnte Nick hören, wie kräftig sein Herz pochte? Ihre Beine verknoteten sich miteinander und Nick wärmte ihm die eiskalten Füße, ohne sich darüber zu beschweren.

Schläfrigkeit befiel ihn. *Ich bin zuhause*, schoss ihm durch den Kopf. Er schalt sich für seine Rührseligkeit, aber verscheuchen konnte er sie nicht.

Mit einem Seufzen vergrub er die Nase in Nicks Haar und atmete seinen frischen Duft ein. Das musste das Shampoo mit der englischen Bulldogge als Maskottchen sein. Aber Brennan wusste, dass es in Wahrheit *Nicks* Geruch war, der ihn schwach machte. So schwach, dass sein Magen sich in heißen, flüssigen Stahl verwandelte und seine Knie weich wurden, obwohl sie sein Gewicht gar nicht zu tragen hatten.

9

Als er am Morgen erwachte, erfasste ihn Erleichterung. Er hatte sich nicht verwandelt, sondern lag immer noch in seiner menschlichen Gestalt an Brennan gepresst. Genau genommen lag er *auf* dem Mann und die Erleichterung verwandelte sich in Glücksgefühl. In Brennans Armen fühlte er sich geborgen – verborgen vor der Welt, wie er es sein wollte, aber nicht einsam. Brennans Brust hob und senkte sich mit jedem ruhigen Atemzug, sein Herz schlug gleichmäßig. Seine Haut war warm und sein Geruch vernebelte Nick die Sinne. Er hob den Kopf, um Brennan ins Gesicht zu sehen. Seine Augen waren geschlossen und sein Mund einen winzigen Spalt geöffnet. Im Schlaf wirkte er jungenhafter denn je, seine

Züge so weich, nur die Bartstoppeln gaben seiner Miene ein wenig Härte.

Gerade als Nick sich fragte, ob sie da weitermachen sollten, wo sie letzte Nacht aufgehört hatten, wurde ihm bewusst, was ihn geweckt hatte.

Sein Handy klingelte erneut. Da er es lautlos gestellt hatte, wanderte es vibrierend auf dem Nachttisch herum. Er griff danach, als es auf den Boden zu stürzen drohte. Durch die ruckartige Bewegung weckte er Brennan, der sich leise unter ihm rührte. Nick rollte sich von ihm herunter.

Das Display zeigte ihm, dass Santiago anrief. Eine düstere Vorahnung erfasste ihn und er hob ab. »Was ist passiert?«

»Noch nichts«, kam im Flüsterton zurück, während Brennan sich an seinen Rücken kuschelte und ihm einen Kuss in den Nacken drückte, der Nick einen Schauer durch den Körper jagte. »Die Bullen sind unterwegs. Sie haben die Autos und den Toten gefunden«, erklärte Santiago.

»Wie lange haben wir noch?«

»Ein paar Minuten. Sorg dafür, dass Brennan in Deckung geht. Foreman sagte mir heute Morgen, dass er die Nacht bei dir verbracht hat.«

»Mein Sexleben geht keinen was an, San.« Er spürte, wie Brennan sich hinter ihm verspannte und von ihm abließ, noch bevor Nick den Anruf beendet hatte.

Mit klopfendem Herzen kam Nick in die Höhe und zog sich an. »Die Bullen kommen. Ich will, dass du hier drinnen bleibst«, sagte er und fragte sich, warum seine Stimme dermaßen eisig war. Er bekam keine Antwort.

Im Badezimmer wusch er sich das Gesicht und putzte sich grob die Zähne. Er holte seine Kontaktlinsen aus der Flüssigkeit und versteckte das Türkis dahinter, um nicht aufzufallen. Entschlossen und feindselig starrte er sein Spiegelbild an. Sie mussten den Polizisten glaubhaft versichern, Brennan nicht gesehen zu haben. Würden sie verlangen, einen Blick in ihre Häuser zu werfen? James würde sie nach einem Durchsuchungsbefehl fragen, doch James war nicht hier, sondern im Dienst. Und da das hier nicht in sein Gebiet fiel, würde er nicht bei der Gruppe sein, die sie gleich heimsuchen würde.

Er ging zurück ins Schlafzimmer, um sich frische Socken aus der Schublade zu holen. Brennan saß in seinen Klamotten auf dem Bett und wandte ihm den Rücken zu. Er sah aus dem Fenster, vor dem hohe Tannen in den Himmel wuchsen.

»Was hast du? Was ist?«, fragte Nick ungeduldig.

»Was ist, wenn ihr meinetwegen Probleme bekommt?«

»Wir sagen ihnen, wir hätten nichts gehört und nichts gesehen. Dann werden sie sich verpissen und uns in Ruhe lassen.«

Nick erwartete fast, eine Frage nach dem »und dann« zu hören, aber Brennan blieb stumm. Er hörte Reifen, die auf gefrorenem Schnee knirschten. Nach einem Zögern umrundete er das Bett, legte Brennan eine Hand auf die Schulter und beugte sich zu ihm hinab, um seine Wange zu küssen. »Ich regle das«, murmelte er.

Brennan sah zu ihm auf, eine Mischung aus Vewunderung und Zweifel spiegelte sich in seinem Blick und seinem Gesicht wider.

Nick wurde ein weiteres Mal von seinem Beschützerinstinkt überwältigt und ging aus dem Haus, um die Angelegenheit wie versprochen zu klären.

Er sah den Streifenwagen vor seinem Mercedes parken, als wollten die Bullen ihm den Fluchtweg abschneiden. Als der Beifahrer vor dem Fahrer ausstieg, blieb Nick der Atem weg. Seine Lungen zogen sich schmerzhaft zusammen und sein Blut schien zu Eis zu gefrieren. Der Typ, der ihn mit einem Grinsen und einem Zwinkern begrüßte, war ihm nicht unbekannt. Es war Hayden Everard.

Eine Hand legte sich ihm von hinten auf die Schulter. Er warf Archie einen flüchtigen Blick zu. Er und Kellan eilten ihm zu Hilfe.

Nick schluckte bittere Magensäure hinunter und verbrannte sich fast die Zunge an deren Schärfe. Doch zumindest konnte er wieder atmen.

Der Zweite, der aus dem Wagen stieg, war Officer Frank Davis. Ein übergewichtiger, vom Leben gelangweilter Kerl, der nicht viele Nachforschungen anstellte, wenn er nicht von höherer Stelle dazu gezwungen wurde. Das Schicksal schien ihnen gnädig zu sein. Sah man von Haydens Anwesenheit ab.

»Morgen, Freunde des Waldes«, begrüßte Davis sie mit einem einseitigen Lächeln, das nicht viel wärmer wirkte als der Schnee um sie herum.

»Guten Morgen, Officer Davis«, sagte Archie. »Womit können wir behilflich sein? Ich hoffe doch sehr, dass meine Tochter sich keine Überschreitung der Geschwindigkeitsgrenze erlaubt hat.«

»Nein, nein. Kitty fährt ausgesprochen gesittet, auch wenn sie es aus der Stadt sicher anders gewöhnt ist.«

Die Bullen blieben einen Meter vor ihnen stehen.

Nick bemerkte Haydens Blick und entschied, ihn zu ignorieren. Abwehrend verschränkte er die Arme vor der Brust.

»Unten auf der Landstraße wurden zwei Autos gefunden. Eines war kunstvoll mit der Motorhaube um einen Baumstamm geschlungen, das andere stand am Straßenrand, als wäre der Fahrer stehen geblieben, um nach dem Verunfallten zu sehen.«

»Aha? Und weiter?«, fragte Kellan.

»Seid ihr jemandem auf den Fersen, der gefährlich ist? Sind wir in Gefahr?«, wollte Archie wissen und spielte die Rolle des besorgten Familienoberhauptes. Dafür dass er ein Mann der Wissenschaft war, hatte er erstaunliches Talent.

»Kein Grund zur Sorge, Sir«, sagte Hayden und sandte ein Schmunzeln in Archies Richtung. Offenbar entging ihm, dass der alte Mann es faustdick hinter den Ohren hatte.

Officer Davis ruckelte an seinem Gürtel, der etwas eng schien. »Es ist nur so, dass da mindestens zwei Leute sein mussten, nachdem es zwei Fahrzeuge waren. Gefunden haben wir aber nur einen.«

»Und kann der nicht zur Aufklärung des Falles beitragen?«, fragte Nick – der Mörder des Gefundenen. Kälte kroch ihm die Kehle hoch.

»Leider kann er das nicht, denn er ist tot.«

»Tot?«, japste Archie. Kellan legte ihm den Arm um die Taille, was Davis mit einem entnervten Seufzen und einem Augenrollen beantwortete, welches er verbergen wollte, indem er kurz zur Seite sah.

»Ja, Archie, er wurde totgebissen. Von irgendeinem Tier. Vielleicht ein Bär oder ein Wolf, wir wissen es nicht.«

»Das ist ja furchtbar«, sagte Kellan und könnte nicht unbeeindruckter klingen.

»Allerdings«, pflichtete Officer Davis ihm bei, wirkte aber ebenfalls nicht sonderlich betroffen. »Wir gehen davon aus, dass auch der zweite Beteiligte verletzt und vielleicht verwirrt ist. Vermutlich ist er vor dem Tier geflohen und hat sich im Wald verirrt. Ist hier jemand vorbeigekommen in letzter Zeit?«

»Niemand, den wir bemerkt hätten.«

»Können wir mit allen Anwohnern reden, um jede Möglichkeit auszuschließen?«

Archie schien zu überlegen und schüttelte dann den Kopf. »Es ist kaum jemand Zuhause. Und Bob behütet seinen Bruder wie einen dritten Augapfel, wie du weißt. Allerdings könnte Billy was gesehen haben, er streunt viel im Wald herum. Wir können eine Sitzung abhalten und James soll dir die Ergebnisse zukommen lassen.«

»Ja, soll mir recht sein.«

»Du würdest mir doch sagen, wenn wir in Gefahr wären, nicht wahr, Frank?«, fragte Archie misstrauisch, um seiner Rolle treu zu bleiben.

»Es sind keine Verbrecher als flüchtig gemeldet. Ich denke nicht, dass Grund zur Aufregung besteht, aber wir wissen noch nicht, wer diese Autos gefahren hat und warum. Ich halte James auf dem Laufenden, wenn dich das beruhigt.«

»Ungemein«, erwiderte Archie. Diesmal war es ganz gewiss keine Lüge.

»Dann sind wir hier fertig. Schönen Tag noch.« Davis machte auf dem Absatz kehrt und wuchtete seine massige Gestalt zurück zum Wagen. Bevor er einstieg, tippte er sich an die Schläfe. Nur Kellan erwiderte den Gruß.

»Ich komm gleich, Frank«, rief Hayden seinem Partner zu. »Nick, hast du einen Moment?«

Nick bemerkte, dass Kellan böse dreinblickte und den Kopf schüttelte, doch er überging die Warnung. »Wenn's sein muss.«

Während Archie und Kellan in die Wärme ihres Hauses zurückkehrten, wobei Kell wirkte, als wolle er Nick nicht von der Seite weichen, stellte Nick sich mit Hayden vor seine Hütte. »Was willst du?«

»Eine Wiederholung«, säuselte Hayden und streckte die Hand nach ihm aus, um nach seinem Hosenbund zu greifen.

Nick stieß die unerwünschten Finger fort und war entsetzt von der Dreistigkeit, die ihn verletzte. »Bist du bescheuert?«

»Wieso? War doch eine heiße Nacht.«

»Nach der du dich nicht mehr gemeldet hast. Das war vor *Monaten*!« Sie hatten eine Nacht miteinander verbracht, nachdem James sie einander vorgestellt hatte. Am nächsten Morgen war Hayden nach dem Frühstück und einem weiteren schnellen, bedeutungslosen Fick verschwunden. Er hatte keine Spuren hinterlassen, keine SMS geschickt, keinen Anruf getätigt und keine Grüße ausgerichtet. Und Nick mit alledem tief gekränkt zurückgelassen.

»Bist du etwa sauer deswegen?«, prustete Hayden und schnitt eine Grimasse. »Na komm schon. Es war klar, worauf das hinausläuft. Deine Zeichen waren eindeutig und ich hab sie ebenso eindeutig beantwortet.«

Verkrampft sah er in blaue Augen, die in einem markanten Gesicht von blondem Haar umrahmt saßen und ihn anstierten. Er suchte nach Worten, doch bevor er welche fand, drückte Officer Davis ungeduldig auf die Hupe.

»Verpiss dich einfach«, würgte Nick hervor und eilte die Treppe hinauf. Er wollte nur noch weg von dem Arschloch.

Hinter sich schlug er die Tür zu und holte tief Luft. Mit zitternden Fingern wischte er sich über die Augen und rieb seine kratzigen Wangen.

Der Streifenwagen entfernte sich, rutschte den Hügel hinab. Nick hoffte, das beschissene Auto würde gegen einen Baum krachen und Hayden die Beine abklemmen.

Plötzlich stand ihm Brennan gegenüber und sein Herzschlag legte an Geschwindigkeit zu, wie ein Rennwagen auf der Zielgeraden.

»Geht es dir gut? Ist alles in Ordnung?«, fragte Brennan mit einer Stimme so süß und rau wie Kandiszucker. Die Schmerzen in Nicks Brust vergrößerten sich.

Brennan war der attraktivste und vor allem der liebenswerteste Mann, den er je kennengelernt hatte. Das wagte er trotz der Tatsache, dass sie sich noch nicht lange kannten, mit reinem Gewissen zu behaupten. Er fühlte es einfach.

Beim nächsten Lidschlag begriff er, dass er sich in Brennan verliebt hatte, und beim übernächsten gestand er sich ein, dass die Pein nicht daher kam, weil Hayden ihm vor einer Ewigkeit wehgetan hatte, sondern von seiner Angst, denselben Fehler ein zweites Mal gemacht zu haben. Wieder war er viel zu schnell mit einem Kerl im Bett gelandet. Diesmal war es noch schlimmer, weil er für Brennan wirklich und wahrhaftig etwas empfand. Doch wer leicht zu haben war, war auch leicht wegzuwerfen. Ein wilder Drang nach Flucht packte ihn. Ohne ein Wort trat er den Rückzug an.

*

»Nick!«, rief er und eilte Nick nach, dessen Schritte sich stetig beschleunigten, während er sich von seinen Klamotten befreite und sie achtlos zu Boden warf.

Brennan runzelte die Stirn, sammelte die Kleidungsstücke ein und beobachtete mit wachsender Erregung, die sich zu seiner Sorge gesellte, wie Nicks sehniger Körper sich geschmeidig im Morgenlicht bewegte. Als Nick sich seiner Shorts entledigte, hielt Brennan inne. Er sah ihm auf den nackten Po und schluckte trocken. Im nächsten Augenblick nahm Nick seine Wolfsgestalt an. Es geschah im Bruchteil einer Sekunde und wirkte nicht befremdlich, sondern ganz natürlich. Tatsächlich wunderte Brennan sich nicht einmal darüber. Er hatte es ja auch kommen sehen. Irgendetwas hatte Nick aufgebracht und jetzt wollte er den Kopf freibekommen, wie er es ausdrücken würde. Negative Energie abbauen. Und Brennan stand ohne Schuhe nur mit Socken an den Füßen im Schnee und drückte ein Bündel Klamotten an seine Brust.

Von der Küche aus hatte er beobachtet, wie Nick und der blonde Bulle Richtung Hütte gegangen waren. Er hatte nicht gewagt, zu lauschen, sondern mit steigender Unruhe gewartet. Aber ihm war nicht verborgen geblieben, welche Art von Blicken der Cop Nick zugeworfen hatte. Sie waren voller Leidenschaft und Begehren gewesen. Da Nick mit dem Rücken zu Brennan gestanden hatte, hatte er nicht feststellen können, ob Nick die Blicke auf dieselbe Weise erwiderte.

Verdammt, sie waren *einmal* zusammen in der Kiste gewesen und schon am nächsten Tag sprühte er vor Eifersucht Funken wie ein Schweißgerät, das man am Unterboden eines verrosteten Chevrolets einsetzte.

Warum war Nick so außer sich? Hatte es mit dem Unfall und Slick zu tun? Oder war es wegen dem sexy Bullen, der ihm schöne Augen gemacht hatte?

Brennan knirschte mit den Zähnen, drückte Nicks Kleider fester an sich und eilte ins Haus zurück, um in trockene Socken zu schlüpfen. Dann ging er wieder nach draußen – diesmal mit Schuhen – und steuerte Archies und Kellans Zuhause an. Nach einem zögerlichen Klopfen trat er ein. Die gewohnte Hitze der Küche empfing ihn. Kellan stand am Herd. Es schien ihm dort zu gefallen.

»Rührei?«, fragte er über die Schulter hinweg.

»Äh, ja bitte.« Brennan hatte keinen Appetit, war jedoch nach der gestrigen Nacht ziemlich ausgehungert.

»Mit Speck?«

»Sag ich nicht Nein«, murmelte Brennan und setzte sich. »Danke.«

»Nick kommt nicht zum Frühstück, nehme ich an?«

Offenbar hatte Kellan ihn in den Wald preschen sehen. Brennan schüttelte den Kopf.

Santiago, der an Kittys Seite saß und unter dem Tisch ihre Hand zu halten schien, grinste breit. »Du machst uns schon wieder Ärger, Neuer.« Er spielte mit dem Löffel in seiner Kaffeetasse. »Aber es scheint alles gut gegangen zu sein. Mal sehen, was die Bullen sich ausdenken, um uns zu nerven.«

»Davis denkt zu selten, um zu einem Ziel zu kommen«, knurrte Kellan, während er ihnen Rührei auf die Teller schabte. »Und Everard ist zu beschäftigt damit, im Spiegel seine Frisur zu kontrollieren. Keine Ahnung, wie sich der Welpe auf einen solchen Wichser einlassen konnte.«

»Kell, sei ein bisschen diskreter«, ermahnte Kitty mit einem Seitenblick auf Brennan und schüttelte ihren Kopf samt den roten Locken.

»Kein Grund zur Diskretion. Ich bin nicht blind«, erwiderte Brennan mit gesenkter Stimme. Etwas in seiner Brust tat weh und drückte auf seinen Magen.

»Das ist eine halbe Ewigkeit her«, tat Kellan ab. »Trotzdem wird man ja wohl noch rätseln dürfen, wie es zu dieser unheiligen Verbindung kommen konnte.«

»Waren sie lange zusammen?«, fragte Brennan nach einem winzigen Bissen, der ihm immer noch in der Kehle zu stecken schien.

»Eine ganze Nacht«, antwortete Archie, der gerade die Küche betrat und den Vorsitz der Frühstückstafel übernahm. Er ächzte leise. »Lassen wir das Thema. Nikolaj würde es nicht gutheißen, wenn er wüsste, dass wir über dem morgendlichen Rührei über einen längst vergangenen Part seines Lieslebens plaudern.«

Kellan ließ sich auf einen Stuhl fallen und goss sich Kaffee nach. »Die Bullen haben noch keine Ahnung von irgendwas. Dann heißt es, weiter abwarten.«

»Slick wird davon erfahren, dass Newcomb hier draußen gefunden wurde«, murmelte Brennan, als ihm wieder klar wurde, in welchem Schlamassel er steckte. »Er wird kommen und nach meinen Spuren suchen.«

»Nikolaj wird sich um ihn kümmern«, sagte Archie, während er nach der Marmelade griff und sie löffelweise auf ein Brötchen schaufelte, das für die Menge an Belag zu klein schien.

»Diese Leute sind gefährlich«, presste Brennan zwischen den Zähnen hervor.

Kellan griff sich scheinbar unbewusst an die Kehle. »Der Welpe auch.«

Brennan legte die Gabel beiseite, weil er keinen Bissen mehr hinunterbrachte. »Es geht ihm nicht gut.«

»Er braucht nur eine kleine Auszeit«, versuchte Santiago, ihn zu beruhigen.

»Was ist denn passiert?«, fragte Archie und bekam die Rüge seiner Tochter, dass er sich nicht in sein Arbeitszimmer hätte verkriechen sollen, während hier alles im Chaos versinkt.

»Er hat mit diesem Typen geredet«, begann Brennan zu erzählen und wusste schon nach jenen paar Worten, dass er die Kontrolle über sich verlieren und zu plappern anfangen würde. »Dann ist er reingekommen und sah blass aus. Ich frag ihn, was los ist. Er gibt mir keine Antwort und läuft einfach raus. Ich bin ihm natürlich nach, aber er hat nicht auf mich reagiert, sondern seine Wolfsgestalt angenommen und dann ist er in den Wald gerannt.«

Alle starrten ihn an. Alle bis auf Archie taten es mit gewissem Entsetzen in den Augen. »Wie viel hat er dir erzählt?«

»Er soll deswegen keinen Ärger bekommen«, sagte Brennan, der sich am liebsten die Fresse polieren würde, weil er Nick so gedankenlos verraten hatte. »Ich werde den Mund halten, ich schwör's.«

Kellan brach in Gelächter aus, in das sogar Archie mit einstimmte. »Als würde der Welpe sich von uns Ärger machen lassen.«

»Nikolaj vertraut dir, also werden wir das auch tun«, sagte Archie und ließ sich zu einem gnädigen Nicken herab. »Sobald alle da sind, müssen wir eine Sitzung einberufen. Aber jetzt lasst uns über etwas Erfreuliches sprechen.«

»Iss dein Rührei, Welpenschützling«, wies Kellan grinsend an.

Brennan mühte sich mit seinem Frühstück ab, während über Belanglosigkeiten geplaudert wurde, bis das Gespräch erneut eine Wendung nahm, die Archie nicht behagte. Kitty ließ eine unbedachte Bemerkung darüber fallen, wie gern sie im Dorf bleiben würde, anstatt zurück an die Uni zu gehen und dort weiter Chemie zu studieren. Kellan sprang ihr bei und sprach von einer vorübergehenden Auszeit, weil sie schließlich noch jung genug sei, um sich erlauben zu können, ihre Jugend zu genießen. Archie hielt an seiner Meinung fest und bestand darauf, dass seine Tochter ihr Studium beendete.

»Sag doch auch mal was, San!«, fuhr Kitty ihren Freund an, der ihr seinen Beistand bis jetzt vorenthalten hatte. Vielleicht aus Angst vor Archie? Ganz ehrlich, wäre er *Nicks* Vater, hätte Brennan verdammten Schiss vor ihm.

Santiago zuckte mit den Schultern. »Ich weiß nicht, Kit-Kat. Ich bin auf der Seite deines Dads. Du solltest es zu Ende bringen, wo du es nun mal angefangen hast.«

Kitty stieß zornig Luft aus und verschränkte die Arme ruckartig vor der Brust. »Dein Ernst?« In ihrer Wut sah sie gar nicht mehr so harmlos aus wie sonst.

»Wir können uns am Wochenende sehen. Vielleicht kann ich mich ja auch mal überwinden, in die Stadt zu kommen. Wer weiß?« Santiagos Adamsapfel bewegte sich und er wischte sich über den Nacken, während er zu Archie hinübersah. »Du solltest deine Zukunft nicht aufs Spiel setzen.«

»Schön, dass du meinem Vater nach dem Mund redest«, konterte Kitty und stand auf, um die Küche zu verlassen.

»Ganz hervorragend«, kommentierte Archie ihren Abgang und warf Santiago einen vorwurfsvollen Blick zu.

Der hob aufstöhnend die Handflächen, um sich zu ergeben. »Wie man es macht, ist es falsch, nicht wahr?«

Brennan hielt es keine Sekunde länger aus. »Ich geh ihn suchen«, stieß er hervor und im Aufstehen fast den Stuhl um.

»Das ist keine gute Idee«, hörte er Kellan knurren, doch da war er schon aus der Tür. Kälte schlug ihm ins Gesicht. Doch nicht einmal sie konnte ihn zur Vernunft bringen.

»Brennan! He, warte mal.« Es war Santiago, der ihm nachtrampelte und im Laufen hörbar in seinen Hoodie schlüpfte. Die Minusgrade machten ihm offenbar nicht allzu viel aus.

Brennan drehte sich nicht einmal um, sondern stapfte in den Wald, in dem Nick verschwunden war. »Du kannst mich nicht aufhalten. Ich muss wissen, ob es ihm gut geht.« Er machte sich solche Sorgen, dass ihm das Herz im Hals pochte, als wolle es ihm aus dem Mund kriechen.

»Ich will dich nicht aufhalten, sondern dich begleiten«, berichtigte Santiago und gesellte sich an seine Seite, während er leise durch die Nase hochzog. »Vier Augen sehen mehr als zwei, oder etwa nicht?«

»Meinetwegen«, murrte Brennan mit tief in den Jackentaschen versenkten Fäusten. Sie zitterten ein wenig.

Der Morgen war inzwischen heller geworden und hatte sich in den Tag verwandelt. Die Sonnenstrahlen quälten sich zwischen den Baumstämmen hindurch, um die strahlend weiße Decke aus Schnee zu bescheinen, die unter ihren Sohlen knirschte. Die Schnäbel von Vögeln klopften gegen Holz, Flügelschläge waren zu hören.

»Was soll ich bloß tun? Kannst du mir einen Tipp geben?«

»Was?«, fragte Brennan, der keine Ahnung hatte, wovon Santiago sprach.

»Wenn ich sage, sie soll bleiben, reißt Archie mir den Kopf ab. Wenn ich sage, sie soll die Uni fertig machen, tut sie es an seiner Stelle.«

»Sieht ganz so aus, als würde es dir in jedem Fall bald in den Hals schneien.«

Santiagos Lachen hallte durch die Landschaft, scheuchte ein paar Tiere auf, die auf dem Boden das Weite suchten. »Danke für die schönen Aussichten.«

»Warum gehst du nicht mit ihr? Leistest ihr Gesellschaft?«, schlug Brennan vor und stieg über eine

Wurzel. »Hast du einen Job? Oder was hält dich? Hat es was mit deiner … Natur zu tun?«

»Ah, Nick gibt also nicht nur seine eigenen Geheimnisse preis, sondern auch die unseren. Gut zu wissen, dass wir ihm nicht trauen können«, grinste Santiago, bevor er ernst wurde. Seine Augen schienen eine Nuance dunkler zu werden. »Ja, es hat mit meiner Natur zu tun. Ich hab einen kleinen Job unten im Ort, aber den könnte ich locker aufgeben. Ich bin der Barkeeper im *Seven Sins*.«

»Und was kannst du nicht so locker aufgeben?«

Offenbar erforderte es die Antwort, zuvor tief Luft zu holen, denn Santiago füllte seine Lungen dermaßen gewaltvoll, als wolle er den Wald leeratmen. »Der Drang, seine Wolfsgestalt anzunehmen ist bei manchen stärker, bei anderen schwächer. Ich würde es nicht durchstehen, die ganze Woche auf zwei Beinen durch die Gegend zu wandern, so sehr ich Kitty auch liebe. Dazu die Lichter und der Lärm, dem man in der Großstadt nicht entfliehen kann.«

»Im *Seven Sins* ist es dem Namen nach bestimmt immer ruhig und dunkel. Na ja, letzteres glaub ich dir sogar.«

»He, auf wessen Seite stehst du eigentlich?«, lachte Santiago und stieß ihm die Faust in den Oberarm. »Au! Muskeln anspannen ist unfair!« Er schüttelte sich die Finger aus und bedachte Brennan mit einem missbilligenden Blick. »Zu deiner Information ist das Licht im

Pub tatsächlich angenehm dämmrig und die Gäste sind meist zu besoffen, um zu lärmen. Die Jukebox ertrag ich grade noch so, wenn sie denn mal jemand aus dem Ruhestand holt.«

»Klingt nach einem wunderbaren Arbeitsplatz.«

»Da redet der Richtige«, beschwerte sich Santiago und ahmte eine Reihe von Geräuschen nach, die er in einer Autowerkstatt zu hören erwartete. Einige davon waren recht akkurat, der Rest dermaßen lächerlich, dass Brennan lachte. »Dazu bist du sicher ständig mit Öl verschmiert und riechst nach Benzin. Hm, wenn ich so drüber nachdenke, findet Nick das sicher echt sexy an dir. Er mag Autos, seit er für diesen Russen den Chauffeur gespielt hat. Hat er mal erzählt.«

Sexy. Vielleicht. Das war aber auch schon der einzige Vorzug, den Nick in ihm zu sehen schien. Brennan fuhr sich durchs Haar und rieb sich die Ohren, als er bemerkte, dass sie kalt waren wie Eiswürfel frisch aus dem Automaten.

»Bist du eigentlich völlig bescheuert!«, brüllte jemand hinter ihnen.

Mit einem Ruck drehte Brennan sich um und sah Nick. Völlig nackt und nass von geschmolzenem Schnee, der sich wohl gerade noch auf seinem Fell befunden hatte. Er sah verdammt wütend aus. Verdammt heiß. Seine Augen sprühten Funken hinter den dunklen Kontaktlinsen und obwohl er soeben in Brennans größtem wunden Punkt herumgestochert hatte, indem er seine Intelligenz in Frage stellte, regte sich in Brennans Magengrube etwas und sein Herz sprudelte über vor Zuneigung.

»Fuck, Mann! Muss das sein?!«, rief Santiago und hielt die Hand zwischen sich und Nick, sodass er dessen Männlichkeit verdeckte.

»Möchtest du meine Jacke haben?«, fragte Brennan und entledigte sich des Kleidungsstücks, um es Nick hinzuhalten. Wie ein Trottel. Zu allem Überfluss röteten sich seine verfickten Wangen.

Nick war mit zwei großen Schritten bei ihm und schlug seine Hand samt Jacke fort. »Was tust du hier draußen?«

»Ich hab mir Sorgen um dich gemacht«, sagte Brennan, als es ihm gelungen war, seine Verlegenheit zu verjagen.

»Dir ist aber klar, dass du gesucht wirst, oder?« Nick fletschte die Zähne und sein Gesicht war zu einer Grimasse verzerrt, die Ähnlichkeiten mit einem Wolf hatte. »Vorne an der Landstraße haben die Bullen gerade einen Typen verscheucht, der seelenruhig hinter ihren Autos geparkt und sie beobachtet hat. Was glaubst du, wer das war? Hm?!«

Brennans Kehle war wie zugeschnürt. »Einer von Slicks Männern.«

»Richtig! Und du rennst im Wald herum und präsentierst dich den Jägern wie ein verletztes Beutetier!« Nick brüllte in einer Lautstärke, die seine Stimme von den umliegenden Hügeln widerhallen ließ. Er zeigte mit dem Finger auf Santiago. »Und du hast nichts Besseres zu tun, als ihm dabei zu helfen, sich in Lebensgefahr zu bringen, verdammter Scheißkerl!«

»Reg dich ab, Mann!«, konterte Santiago. »Er wollte allein losziehen! Was hätte ich machen sollen? Ihn einsperren?«

Brennan riskierte einen Blick auf Nicks Körper und leckte sich die Lippen.

Jeder andere Mann hätte in dieser Situation – ein Ausraster in völlig nacktem Zustand – lächerlich gewirkt, aber Nick büßte nicht das kleinste bisschen Würde ein. Es war verwunderlich und ziemlich beeindruckend. Dabei war Brennan schon beeindruckt genug von Nick. Mehr als gut für ihn war.

Nick bemerkte, dass er angegafft wurde. »Lass das jetzt!«, fuhr er ihn an, bevor er sich wieder Santiago vorknöpfte: »Was du hättest machen sollen? Ganz einfach! Auf ihn aufpassen!«

»Hab ich doch! Warum glaubst du, bin ich mitgekommen?«

»Einen Scheißdreck hast du! Du hast nicht auf die Umgebung geachtet! Ich konnte mich euch unbemerkt nähern und hätte angreifen können, wenn ich der Feind gewesen wäre!« Die Kälte war inzwischen offensichtlich zu ihm vorgedrungen, denn seine Lippen begannen zu zittern und er bekam Gänsehaut.

Brennan legte ihm seine Jacke um die Schultern, bekam statt einem Danke jedoch bloß einen bösen Blick zugeworfen.

»Los jetzt. Zurück nach Hause«, befahl Nick und tat einen Satz nach vorn, um mit vier Pfoten am Boden aufzukommen, wobei Brennans Jacke im Schnee landete.

Er hob sie auf und sah Santiago an, der mit den Augen rollte.

Aufs Nicks Knurren hin folgten sie ihm.

Brennan beobachtete Nick in seiner Wolfsgestalt, bewunderte das grau-weiß gescheckte Fell, das weich anmutete, und die geschmeidigen Bewegungen, die ihm eigen waren. Er erinnerte sich daran, wie Nick über ihn hinweggesprungen war, um Newcomb im wahrsten Sinne des Wortes an die Kehle zu springen.

Er schlüpfte im Gehen in seine Jacke, weil ihm kalt wurde.

Warum der Aufstand? Hatte Nick sich tatsächlich Sorgen um ihn gemacht oder steckte etwas anderes dahinter? Passte es ihm nicht, dass Brennan etwas ohne seine Erlaubnis tat? Aber was hätte Nick für ein Recht, über ihn zu bestimmen? Wenn es einem zustand, dann eher Archie, der das Oberhaupt des Dorfes war.

Wut überkam ihn. Nun, da Nick nicht mehr nackt vor ihm stand und der aufreizende Anblick jeden vernünftigen Gedanken unterdrückte, konnte er wieder denken. Ihn anzubrüllen und einen Idioten zu nennen, war eine

Sache. Ihn vor Santiago wie ein Kind zu behandeln, war eine andere. Mann, er würde dem Kerl die Meinung sagen, sobald sie unter sich waren!

Nick blieb abrupt stehen, legte die Ohren an und lauschte in die Stille des Waldes. Unvermittelt stieß er ein Knurren aus und wirbelte herum. Brennan drehte sich ebenfalls um. Er konnte nichts sehen. Nick überholte ihn mit zwei Sprüngen und stellte sich schützend vor ihn, während er die Baumstämme mit einer Drohgebärde zu verängstigen versuchte. Was zum Teufel tat er da? Die Geräusche, die er machte, jagten Brennan einen kalten Schauer über den Rücken, weil sie feindselig und gefährlich klangen.

Als ein Schatten sich hinter einer Schneewehe zeigte, wurde ihm klar, dass es nicht die Bäume waren, die Nick verscheuchen wollte, sondern ein zweiter Wolf.

Ein Tier mit schwarzem, zotteligem Fell und einem weißen Fleck auf der Brust, das sich ihnen mit staksigen Schritten näherte. Aus dunklen, funkelnden Augen sah es Brennan an. Die schelmische Art und Weise, wie es dabei den Kopf schief legte, ließ ihn wissen, mit wem er es zu tun hatte.

»Foreman«, sagte Santiago.

»Ich weiß.«

Nick gab ein kleines, knurriges Grunzen von sich und schüttelte sich wild, was irgendwie süß aussah. Brennan wandte sich ab, um nicht zu riskieren, dass sein Zorn verrauchte.

Gemeinsam setzten sie ihren Weg fort und er fragte sich im Stillen, ob ihre Gruppe noch weiter wachsen würde. Tat sie jedoch nicht.

*

Als sie das Dorf erreichten, nahm er seine menschliche Gestalt an und ließ die Schultern kreisen, um die Verspannung darin zu lockern. All die Aufregung und die Angst, die er um Brennan ausstand, bekamen ihm nicht wohl.

»Nicht schon wieder«, murrte Santiago. »Ich geh zu Kitty.«

Brennan wollte Foreman hinterher, aber Nick griff ihm an die Schulter und drückte zu, um ihn seine Wut spüren zu lassen. »Nein, du haust jetzt nicht ab! Wir haben was miteinander zu bereden.«

Er machte kehrt und ging ins Haus, um sich abzutrocknen und sich Klamotten überzuziehen. Wenig später ging die Tür zu und Brennan kam zu ihm in das kleine Wohnzimmer, in dem Nick sich mit geballten Fäusten an der Sofalehne abstützte und aus dem Fenster starrte.

»Was hast du dir dabei gedacht?«, fragte er zwischen den Zähnen.

»Ich hab dich gesucht, das habe ich bereits erwähnt. Es war übrigens mehr als unnötig, mich vor Santiago wie einen kleinen Jungen zu behandeln.« Die Feindseligkeit, die in Brennans Tonfall mitschwang, brachte ihn zur Weißglut.

»Du hast keinerlei Recht, mich anzufauchen! *Du* bist derjenige, der eine Dummheit begangen hat!«

»Ich wollte wissen, was los ist! Ich habe mir Sorgen um dich gemacht!«

»Nein!«, brüllte Nick und spuckte fast beim Sprechen, so wenig hatte er sich unter Kontrolle. Blanke Panik befiel ihn, wenn er sich vorstellte, Brennan zu verlieren. Er hatte in seinem Leben schon zu viele Menschen, die ihm etwas bedeuteten, gehen lassen müssen. »Nein! Du hast keine verdammte *Ahnung*, was Sorgen sind! Du wüsstest es, wenn du ich wärst und dich da im Wald herumstreifen gesehen hättest, obwohl irgendwelche Irre hinter dir her sind, von denen dich einer töten wollte! Du blöder Idiot, deinetwegen wäre ich da draußen fast vor Angst *gestorben*!«

Der Laut, der sich ihm nach der lautstarken Ansprache entrang, klang verdächtig nach einem trockenen Schluchzen. Zusammen mit Brennans fassungsloser Miene brachte es ihn zur Vernunft. Er hatte sich gehen lassen und sein Innenleben offenbart. Verlegenheit suchte ihn heim und er eilte in die Küche, die nicht viel Zuflucht bot.

Wieder ballte er die Hände zu Fäusten, ließ sie am Rand der Arbeitsfläche ruhen und lehnte die Stirn an einen Hängeschrank. Sein Herz pochte wie verrückt und seine Atmung ging so holprig, dass er einen Anfall befürchtete. Entschlossen, einen solchen zu verhindern, stieß er Luft aus und sog frische ein.

Ein Zitat von Bukowski kam ihm in den Sinn. *Finde, was du liebst, und lass es dich töten.* Wenn Brennan so weitermachte, fehlte ja nicht mehr viel.

»Nick?« Brennan kam zu ihm in die Küche und blieb hinter ihm stehen. Behutsam und zögernd berührte er Nicks linke Faust mit den Fingern. »Es tut mir leid, ich hab mich bescheuert verhalten und verstehe, dass du sauer auf mich bist.«

Nick konnte nicht anders, als die Hand zu öffnen, damit sie einander festhalten konnten. Brennan schien davon ermutigt und umarmte ihn von hinten, was Nick zwang, das Atmen schlussendlich ganz einzustellen. Er seufzte, als Brennan ihm die Arme um den Oberkörper schlang und sich an ihn drückte, warm und fest. Nick ertappte sich bei der Bereitwilligkeit, dem Teufel – oder Slick – seine Seele zu verkaufen, damit es immer so sein konnte.

Brennan beugte sich vor und bedeckte seinen Nacken mit Küssen. Erst hauchzart, dann fester. Seine Lippen waren weich und hart zugleich. Die Zärtlichkeiten verursachten ein Kribbeln, das durch Nicks Körper wanderte. Er wurde steif und seine Erektion presste sich gegen die Theke, während sich Brennans Schwanz an seinen Hintern drückte. Sehnsuchtsvoll biss er sich auf die Unterlippe und schloss die Augen. Er legte den Kopf in den Nacken, Brennans Mund fand den seinen und sie küssten sich. Brennans Hände waren überall, streichelten ihn fiebrig, bis sie ihn an den Hüften packten und herumdrehten.

Nick legte Brennan die Arme um den Hals und stöhnte, als ihre Unterkörper sich aneinander rieben. Er sah in Brennans Gesicht und der Boden unter den Füßen wurde ihm fortgezogen. Verwirrt blickte er nach unten und begriff, dass Brennan ihn auf die Theke gehoben hatte und an seinen Jogginghosen zerrte, bis sie über seine Knöchel rutschten. Brennan ging auf die Knie. Er streifte sich eilig die Jacke ab, starrte ihm dabei gierig auf den Schwanz. Dann packte er ihn an den Knöcheln und zwang seine Füße auf seine Schultern. Eine interessante Stellung, wie Nick mit einem Druck in der Magengrube zugeben musste. Ihm wurde schwindlig und er gab einen lustvollen Seufzer von sich, als Brennan mit der Hand seinen Penis umschloss und einen seiner Hoden in den Mund nahm. Eine heiße, feuchte Zunge umkreiste ihn. Er fasste in Brennans Haar und raufte es fest, während er ihn näher an sich drückte, weil er so verdammt geil auf den Kerl war und es zeigen wollte.

Brennan arbeitete sich mit einem Knabbern seiner Lippen über den Schaft zu seiner Eichel vor. Er leckte einmal um deren Rand und nahm ihn dann in den Mund, nicht tief, doch das war gar nicht nötig. Er holte ihm in langsamen Bewegungen einen runter und saugte an ihm. Nick bebte vor Leidenschaft, legte den Kopf in den Nacken und stöhnte seine Erregung ungehemmt hinaus. Die leisen Geräusche, die Brennan machte, törnten ihn weiter an.

Eine Hand massierte seine Hoden, eine andere lag an seinem Po. Ein schüchterner Finger drängte sich zwischen seine Backen und drückte gegen seinen Eingang, der pulsierend nachgab und sich um ihn schloss.

»Oh Gott ...«, hauchte er.

»Du schmeichelst mir«, flüsterte Brennan an der Spitze seiner Männlichkeit, bevor er sie wieder in den Mund nahm. Als er mit der Zunge sachte gegen das Vorhautbändchen zu klopfen begann, spürte Nick, wie es ihm kam.

Der Finger an seinem männlichen G-Punkt, die Zunge an seinem Schwanz, die Hand um seine vor Lust prallen Eier, ließen ihn schreiend abschießen.

Scheiße, er hatte noch nie beim Sex geschrien! Aber wenn es doch einfach so verdammt guttat! Während sein Höhepunkt abebbte, leckte Brennan ihn zärtlich, als könne er nicht genug von ihm und seinem Geschmack bekommen.

Nick packte ihn am Kragen seines Pullis, zog ihn hoch und schlang ihm ein Bein um die Taille, mit dem anderen stützte er sich am Boden ab. In einem Kuss tauschten sie heißen Atem und Speichel aus. Geschickt öffnete Nick Gürtel und Hosenknopf, um seine Finger in den Bund zu zwängen und Brennans harte Länge zu umfassen. Er hatte sich noch kaum bewegt, da erbebte Brennan in seinen Armen, stöhnte ihm vibrierend in den Mund und spritzte ab. Er pumpte hart und oft. Nick war überrascht von dem schnellen Ende, genoss aber die Nähe zwischen ihnen und musste lächeln.

Brennan beendete den Kuss und umarmte ihn, sodass Nick ihm nicht mehr ins Gesicht sehen konnte. Irgendwo hinter seiner Schulter räusperte sich Brennan, um gleich darauf in einem heiseren, verlegenen Lachen Luft auszustoßen. Er schien außer Atem. »Tut mir leid. Für gewöhnlich bin ich besser«, murmelte er.

Nick schüttelte den Kopf und legte die Stirn in Falten. Er nahm das zweite Bein hinzu, um Brennan zu umschlingen und ihn dicht bei sich zu behalten. »Ich wüsste ehrlich gesagt nicht, wie du *noch* besser sein könntest.«

»Ich meine ... ich kann länger«, stammelte Brennan in liebenswerter Schüchternheit, die Nick nicht erwartet hatte. »Normalerweise. Aber es ... hat mich einfach zu heiß gemacht, dich in den Mund zu nehmen.«

Mit klopfendem Herzen bettete Nick das Kinn auf Brennans Schulter und suchte nach einer Antwort. Er wollte Brennan versichern, dass er keinen Superhengst im Bett brauchte, sondern bloß *ihn*. Nein, das würde er in den falschen Hals bekommen. Er sollte ihm gestehen, dass er ihn für einen guten Liebhaber hielt. Dass er der Beste war, den Nick je gehabt hatte. Aber wäre das nicht peinlich? Klang das nicht total abgedroschen?

Brennan fuhr ihm sanft durchs Haar. »Was hältst du davon, wenn ich uns zur Wiedergutmachung eine

Riesenportion Mac'n'Cheese mache? Ein verfrühtes Mittagessen? Das wär's doch, hm?«

Nick drückte ihn von sich, um seinen Kopf mit beiden Händen zu umfassen und sein Gesicht mit Küsschen zu bedecken.

»Koste erst mal, bevor du mich für meine Kochkünste belohnst«, lachte Brennan und seine Wangen röteten sich. Er war echt zum Anbeißen.

»Vielleicht ist das eine Belohnung für was anderes. Denk drüber nach.« Er rutschte von der Theke, küsste Brennan noch einmal auf den Mund und ließ sich von ihm spielerisch auf die Unterlippe beißen, was gleich einen weiteren Impuls Richtung Unterleib sandte. Dann hob er seine Hose auf und ging ins Wohnzimmer rüber.

Mit einem Blick über die Schulter vergewisserte er sich, dass Brennan wie erhofft auf seinen Hintern sah. Brennan enttäuschte ihn nicht. Der Mann leckte sich sogar die Lippen. Verdammt heiß.

»Meine Augen sind hier oben, mein Freund«, scherzte Nick.

Brennan lehnte sich lässig an die Theke und sah ihn ernst, doch fast liebevoll an. Seine Stimme war rau, als er sagte: »Nimm die Kontaktlinsen raus, dann kannst du dir sicher sein, dass deine Augen mich so sehr faszinieren, dass nicht mal dein erstklassiger Po mich von ihnen ablenken kann.«

Darauf wusste Nick aus Verlegenheit nichts zu sagen. Sein Herz hämmerte dafür so stark gegen sein Brustbein, als wolle es Brennan mit Klopfzeichen antworten, weil Nick nicht dazu fähig war.

Schweigend schlüpfte er in seine Jogginghose und schlich ins Badezimmer, um sich der getönten Linsen zu entledigen. Er besah seine dunklen Augenringe im Spiegel und gähnte herzhaft. Ihm wurde kalt und er rieb fröstelnd die aufgestellten Härchen an seinen Oberarmen glatt.

In der Küche hörte er Brennan mit Töpfen und Besteck hantieren. Den Geräuschen nach zu urteilen, öffnete er jede einzelne Schranktür, um zu finden, was er brauchte. Offenbar wollte er sich das Nachfragen ersparen.

Grinsend ließ Nick sich auf die Couch fallen und kuschelte sich in die Decke, die Foreman ihm zu Weihnachten geschenkt hatte. Ein Ungetüm mit winzigen Streifen in Braun und Weiß, das er erst misstrauisch beäugt hatte. Bis er sich das erste Mal zum Lesen darunter verkrochen hatte. Danach war er überzeugt gewesen.

Brennan in seiner Hütte zu haben, gab ihm ein ganz neues Gefühl von *daheim*. Es war so vertraut, wie er für ihn kochte, nachdem sie sich geliebt hatten, um einen Streit beizulegen. Er streckte sich ausgiebig und lächelte, dann fielen ihm vor Müdigkeit die Augen zu.

Irgendwann wurde er von Fingern geweckt, die ihm sachte über die Wange strichen. Als er die Lider aufschlug, sah er in Brennans Augen. Schon wieder musste er schmunzeln und das Kribbeln in seinem Bauch meldete sich zurück zum Dienst.

Der Ausdruck auf Brennans Gesicht, als er bemerkte, dass Nick die Kontaktlinsen abgelegt hatte, war unbezahlbar.

Brennan wandte den Blick kaum von seinen türkisfarbenen Pupillen ab und schien sogar ein Blinzeln zu unterdrücken. »Hey«, murmelte er. »Möchtest du was essen oder lieber weiterschlafen?«

»Essen«, antwortete Nick nach einem Räuspern und einem Wischen über seinen Mund, der ausgetrocknet schien. Er streckte sich und unterdrückte ein Gähnen.

»Ist schon angerichtet«, sagte Brennan und griff nach zwei Schüsseln, die randvoll mit Mac'n'Cheese gefüllt waren und einen köstlichen Duft verströmten. Die ganze Hütte schien danach zu duften und Nick fühlte, wie das Problem seiner Mundtrockenheit sich in Luft auflöste, als ihm der Speichel zusammenlief.

Brennan wollte ihm eine der Schalen reichen, doch Nick griff nicht gleich danach, sondern hob erst die Decke, damit Brennan sich im Schneidersitz darunter setzen konnte. Erst nachdem Brennan zugedeckt war und sich bedankt hatte, nahm Nick das Geschirr an sich und versenkte die Gabel in der fluffigen Masse aus Pasta und Käse. Der erste Bissen machte ihn hellwach und er schaufelte die Schüssel leer, bevor er sagen konnte: »Mmh ... Der Hammer.«

»Die kann ich gut, was?«, grinste Brennan, der sich sichtlich über das Lob freute.

»Die kannst du so ziemlich am besten, würde ich sagen.« Er stellte die leere Schüssel auf den Tisch. »Was kannst du noch kochen?«

»Verrate ich nicht. Lass dich überraschen. Ich kann nur sagen, dass alles davon wahre Kalorienbomben sind. Und ungesund bis zum geht nicht mehr.«

»Wie kannst du dir das erlauben?«, fragte Nick und stupste mit der Fingerspitze gegen Brennans angedeuteten Sixpack, der sich unter dem Pulli verbarg.

Brennan senkte den Kopf, aber Nick konnte sehen, wie er die Stirn runzelte. »Keine Sorge. Ich bleib schon in Form.« Er zuckte die rechte Schulter, schluckte den letzten Bissen hinunter und wollte aufstehen, um das schmutzige Geschirr rüberzubringen.

Nick hielt ihn auf, indem er sich auf ihn stürzte und ihn auf das Sofa drückte. Sie wurden fast im gleichen Moment hart, wie Nick durch die Kleidung spürte. »Meinetwegen kannst du auch aus dem Leim gehen. Würd mich nicht stören. Es sind ja nicht deine Muskeln, die mich anmachen. Also, sie tragen derzeit natürlich noch dazu bei, aber wenn du sie loswerden willst, steh ich dir nicht im Weg. Ich unterstütze dich sogar, indem ich jeden Tag mit dir ungesundes Zeug in mich reinstopfe.«

»Nette Vorstellung«, flüsterte Brennan. »Was ist es denn dann, das dich an mir anmacht?«

»Dein Lächeln und dein Lachen, deine Lippen, deine Augen, deine Nase. Einfach dein ganzes Gesicht. Diese markante Linie an deinem Kiefer«, hauchte Nick und fuhr besagte Linie mit dem Finger nach. Seine Lider flatterten, als er Brennan unter sich betrachtete. Starke Arme umschlangen ihn. »Wie deine Haut sich an meiner anfühlt. Wie deine Stimme klingt. Wie du mich anfasst. Dein Haar. Dein Duft.«

Die Sehnen an Brennans Hals bewegten sich in einem Schlucken. »Ganz schön viel Schmeichelei für eine Schüssel Nudeln.«

»Dein Sinn für Humor«, grinste Nick, dankbar für die Auflockerung, die seine Sentimentalität zum Verstummen brachte, die das Maul ganz schön weit aufriss. Er war sowas von verknallt. Wie ein Teenager, nur ernsthafter. Falls das möglich war. Denn war es nicht ein Merkmal der ersten großen Liebe, dass sie einen wie ein Feuer mit Haut und Haar verschlang? So fühlte es sich an. Als würde er brennen.

Und irgendwo tief in seinem Inneren wusste er, dass es nicht aufhören würde. Die Flamme würde in seinem Herzen sesshaft werden und irgendwann gewiss gesitteter werden, anstatt lichterloh zu flackern, doch sie würde nie verglühen.

Ein beunruhigender Gedanke.

»Wollen wir ein bisschen faul rumliegen, bis Archie uns zur Krisensitzung holt?«, schlug er vor, um Brennan davon abzuhalten, allzu viel über seine rührseligen Geständnisse nachzugrübeln.

»Dagegen hab ich nichts einzuwenden.« Brennan lächelte und warf einen flüchtigen Blick auf den Fernseher. »Glotze?«

»Ein Buch wäre mir lieber«, grinste Nick.

»Oh, äh … klar. Ich kann auch lesen.«

»Davon bin ich ausgegangen, ja«, erwiderte Nick spöttisch und brach in Gelächter aus, weil Brennan einfach zu süß war. Vor lauter Lachen konnte er sich nicht mehr auf den Ellbogen halten und fiel auf Brennan, an dessen Brust es sich am schönsten lachte.

»Ich meine *jetzt*. Ich kann jetzt auch was lesen«, korrigierte Brennan seinen kleinen Fehler und man konnte förmlich *hören*, wie er die Augen verdrehte.

Nick fand seine Fassung wieder und rieb die Wange an jener Stelle, an der Brennans Herz schlug, bevor er den Kopf hob und ihm ein Küsschen aufs Kinn drückte. »Wir können ja beides machen.«

»Stört dich der Fernseher nicht beim Lesen?«

»*Das Bildnis des Dorian Gray*. Das habe ich verschlungen, als Mr. Alexeyev mit einem Geschäftspartner auf dem Rücksitz über Geld stritt. Zu dieser Lautstärke ist mein Fernseher nicht einmal fähig.« Er beugte sich über die Lehne und griff nach »Grasblätter« von Walt Whitman, das ganz oben auf dem Stapel lag.

»Gott, ist das dick«, meinte Brennan mit einem Blick auf das Buch.

Nick unterdrückte ein Grinsen. »Sowas ähnliches dachte ich mir, als ich deinen Schwanz gesehen hab. Allerdings mit mehr Enthusiasmus«, konterte er und suchte nach der Fernbedienung, um sie Brennan in die Hand zu drücken.

Brennans Wangen waren hochrot. Er schaltete den Fernseher ein und murmelte verlegen: »Und ich dachte, du seist einer von der grüblerischen Sorte.«

Nick lachte in sich hinein, während er sich so lange herumwälzte, bis er die perfekte Liegeposition gefunden hatte: In der Mulde, die Brennans angewinkelte Beine bildeten. Sie war wie für ihn gemacht. Er seufzte zufrieden und deckte sich mit einem weiteren Ungetüm aus Baumwolle zu. Im Fernsehen lief leise irgendeine Serie, die mit gefälschten Lachern aus einem imaginären Publikum untermalt war, während Nick sich in Whitmans Gedichte vertiefte, wobei Brennan ihm sanft das Haar zerzauste. Das war so schön, dass die Buchstaben vor seinen Augen allmählich verschwammen und er zum zweiten Mal einschlief.

10

Brennan schreckte aus dem Schlaf hoch, als Nick sich mit einem Ruck erhob und sein Handy ans Ohr nahm. »Was gibt's?«, fragte er und verzog sich in die Küche.

Verpennt rieb Brennan sich die Augen und warf einen Blick auf seine Armbanduhr. Es war fünf Uhr nachmittags. Hatten sie den ganzen Tag verschlafen? »Meine Fresse.« Er setzte sich auf und brachte seine zerdrückten Haare in Ordnung, während er den Fernseher auf stumm schaltete, um Nick zu belauschen. Der sagte kaum ein Wort, sondern hörte nur zu. Die Stimme aus dem Hörer klang gehetzt, war aber zu leise, als dass er verstehen könnte, was sie sagte. Ein mulmiges Gefühl schlich sich ein und ließ ihn unruhig mit dem Fuß wippen. Zumindest konnte es nicht Everard sein, denn es war eindeutig eine Frauenstimme. Vielleicht diese Saint, von der Nick gesprochen hatte?

Endlich kam Nick aus der Küche zurück, doch sein Anblick beruhigte Brennan nicht. Nick wirkte aufgebracht und so grimmig, dass es Brennan fast vorkam, als hätte er sich die ausgelassenen Albernheiten zwischen ihnen bloß eingebildet.

»Ist was mit meinem Handy?«, fragte er.

Nick holte tief Luft und fuhr sich mit dem Handrücken über die blassen Lippen. Er blieb Brennan eine Antwort schuldig, da es an der Tür klopfte.

»James ist zurück. Sitzung«, verkündete Lorraine und trat den Rückweg an, ohne eine Erwiderung abzuwarten. Sie war verstimmt und Brennan war sich sicher, dass sie es seinetwegen war.

»Lass uns gehen«, sagte Nick.

Brennan folgte ihm nach draußen. Der Wind war kälter geworden und er zog sich die Jacke enger um den Körper. Schweigend betraten sie Archies Haus.

Alle anderen saßen um den Küchentisch versammelt und Brennans Mulmigkeit verwandelte sich in einen handfesten Brechreiz. Ihm war, als würde man ihm ein Bolzenschussgerät an die Stirn halten. Dieses grauenvolle Ding, das er einmal im Einsatz hatte erleben müssen, weil sein Vater der Ansicht gewesen war, es wäre interessant für einen zehnjährigen Jungen. Brennan hatte danach nächtelang nicht geschlafen.

Kitty warf ihm einen mitleidigen Blick zu, während Lorraine ihn vorwurfsvoll musterte. Billy war der Versammlung ferngeblieben. Wahrscheinlich auf Anweisung seines Bruders.

Kellan wies auf den einzigen freien Stuhl am Ende der Tafel. »Setz dich.«

Brennan tat, wie ihm geheißen. Zu seiner Erleichterung ließ Nick ihn nicht allein, sondern zog den Vorhang hinter ihnen halb vor und lehnte sich ans Fensterbrett.

Foreman beobachtete sie aus Adleraugen und trug ein Schmunzeln auf den Lippen. Im Gegensatz zu den anderen schien er nicht im Geringsten besorgt.

»Sie sind mit Leichenspürhunden unterwegs«, erzählte James. »Ich habe dafür gesorgt, dass die Autos sofort weggebracht und verschrottet wurden. Ein kleiner

Fehler im Ablauf, der Beweise vernichtet und den Hunden deinen Geruch vorenthalten hat, Brennan.«

»Wie hast du denn das geschafft?«, grunzte Kellan, die Finger um seinen riesigen Kaffeebecher gelegt.

»Ein Kollege war mir noch was schuldig. Ich hoffe, sie nehmen ihn nicht zu hart ran. Jedenfalls können die Leute von der Hundestaffel jetzt nur nach einem Toten suchen. Von denen ja hoffentlich keiner mehr da draußen ist.«

»Und wenn, dann hat er nichts mit uns zu tun«, grinste Santiago.

»Die Polizei nimmt an, dieser Typ, den Nick umgebracht hat, wollte dem Verunfallten helfen und wurde dabei von einem Wolf oder einem Bären angegriffen.«

»Wissen wir«, sagte Archie.

Lorraine gab ein zischendes Geräusch von sich. »James hat mir erzählt, dass die Journalisten bereits die Fühler ausgestreckt haben. Die Drucker laufen auf Hochtouren und morgen wird in der Zeitung stehen, dass sich in den Wäldern eine Bestie herumtreibt, die Menschen reißt!« Sie löcherte Brennan mit ihrem Blick. »Was glaubst du, wie schießwütig die Jäger sein werden? Wie gierig auf die Trophäe, die es zu holen gibt? Denkst du, James und Nick und die anderen sind jetzt noch sicher?!«

»Geh ihn nicht so an«, knurrte Nick hinter ihm, doch Brennan fühlte sich schuldig. Die Vorstellung, Nick oder jemand anderem könnte seinetwegen etwas zustoßen, brachte ihm einen Krampf in der Brust ein. So ungefähr musste es sich anfühlen, einen Herzinfarkt zu erleiden.

»Ganz unrecht hat sie nicht«, warf Bob in brummigem Tonfall ein, »aber ich bin nicht dafür, Brennan die Schuld in die Schuhe zu schieben. Sicher wäre ihm auch lieber, wenn der Typ *nicht* versucht hätte, ihn umzubringen.«

Lorraine nickte fahrig. Ihre Miene veränderte sich und statt der Feindseligkeit waren dort für einen Moment Erschöpfung und Angst zu sehen. »Ich mach mir einfach Sorgen, wie das ausgehen wird.«

»Nikolaj«, sagte Archie. »Was schlägst du vor?«

»Saint hat mich gerade angerufen. Einer ihrer Kumpels hat das Handy einer alten Obdachlosen in den Mantel gesteckt. Die Frau wurde von zwei Kerlen überfallen, die wissen wollten, woher sie es hat.«

Brennan fuhr herum. »Hat man ihr wehgetan?«

»Nein«, erwiderte Nick, wobei nicht auszumachen war, ob er die Wahrheit sagte oder log, um ihn zu beschwichtigen. »Aber es ist nur eine Frage der Zeit, bis Slick seine Leute herschickt, um Nachforschungen anzustellen. Hier wurden die Autos und die Leiche gefunden, deswegen wird ihre Jagd hier beginnen.«

Brennan wurde schwindlig. Er durfte sich nicht länger der Illusion hingeben, er wäre in Sicherheit. Er brachte alle in Gefahr. Er brachte *Nick* in Gefahr. Er holte geräuschvoll Luft. »Ich werd zu ihm gehen«, stieß er hervor. »Zu Slick. Ich werde um einen Deal bitten. Ich zahl ihm das Geld zurück und er lässt mich am Leben.«

»Nur über meine Leiche«, sagte Nick leise, aber bedrohlich.

»Was lässt dich glauben, dass er dich nicht töten würde?«, fragte Archie ruhig.

»Newcomb wollte mich umbringen, weil ich ihm ein Dorn im Auge war. Er konnte mich nicht ausstehen. Der Kerl war ein Irrer. Slick hat ihn nicht auf mich angesetzt. Nicht um mich zu töten. Steve hätte mich zum Boss bringen sollen. *Das* war seine Aufgabe. Also wollte Slick mit mir reden.«

»Oder dich *selbst* umbringen«, schlug Nick mit kalter Stimme vor. »Ich lasse nicht zu, dass du das Risiko eingehst.«

»Das ist blanker Selbstmord«, pflichtete Kellan ihm bei.

»Die beiden haben recht, Brennan. Sei vernünftig«, sagte Foreman.

»Es bleibt mir doch keine andere Wahl!«, konterte Brennan mit erhobener Stimme. »Lorraine hat recht! Ich mache euch nur Ärger und jetzt spitzt sich alles zu, sodass ihr meinetwegen auch noch in Lebensgefahr schwebt!«

Nick fletschte die Zähne. »Blödsinn! Es wird immer Jäger in den Wäldern geben, ob die Reporter nun einen bescheuerten Artikel schreiben oder nicht! Wir müssen eben vorsichtig sein, wie *immer*! Meine Eltern wurden in einer einzigen Nacht aus dem Leben gerissen, weil irgendein Arschloch vor seinen Freunden den großen Macker spielen wollte! Da gab es auch keinen verschissenen Artikel!«

Zu seinem Entsetzen fühlte Brennan, wie ihm heißes Nass in die Augen schoss, und er stand auf. »Ich gehe zu ihm. Du kannst mich nicht aufhalten.«

»Oh doch, das kann ich und das werde ich.« Mit nur einer Hand drückte Nick ihn auf den Stuhl zurück. Er ließ seine Finger auf seiner Schulter und drückte ihn sanft.

»Brennan.« Lorraine flüsterte seinen Namen. »Ich bin wütend, weil du uns, wenn auch unabsichtlich, in eine prekäre Lage gebracht hast. Das heißt aber nicht, dass ich dich in dein Verderben laufen lasse.«

»Was sollen wir dann tun?«, fragte Kitty, die bis jetzt ungewöhnlich still gewesen war. Sie hatte eine Strähne ihres Haares im Mund und kaute darauf herum, bis Santiago sie zwischen ihren Lippen hervorzog.

Nick ergriff das Wort: »Ich werde gehen und Slick Brennans Vorschlag unterbreiten. Dann sehen wir weiter.«

»Klingt gut. Dann hat er eine Wahl und man kann uns nichts vorwerfen. Wenn er aufmuckt, kümmern wir uns um ihn«, sagte Kellan.

»Bitte sprich nicht wie ein Hitman«, ermahnte Archie.

Brennan begann zu verstehen, was Nick gesagt hatte. Seine Augen weiteten sich. Er blickte in Nicks schönes, perfektes Gesicht und machte sich auf die Narben aufmerksam, die er sonst übersah. Was, wenn Slicks Handlanger noch mehr davon auf Nicks Haut hinterließen?

»Das darfst du nicht«, flüsterte er. »Slick ist wahnsinnig. Er hat ... *Launen* und was dabei rauskommt, ist meistens ziemlich krank. Der Typ ist verdammt gefährlich.«

»Wo finde ich ihn?«

»Hast du mir nicht zugehört?«

»Wo finde ich ihn?«, wiederholte Nick mit Nachdruck.

Brennan presste die Lippen aufeinander, um sie zu versiegeln.

»Na los, sag es ihm«, forderte Archie ihn auf. In einem Tonfall, der keinen Widerspruch zuließ.

»Im Emerald Spire.«

»Das Casino? Gehört es ihm?«, fragte Nick.

»Ja.«

»Ist er jeden Abend dort? Wenn ich jetzt hinfahre, werde ich ihn dann treffen?«

Brennan knirschte mit den Zähnen und bekam Foremans Ellbogen in die Rippen, sodass er schließlich eine Antwort gab: »Ich denke schon.«

»Ich kann dich begleiten«, bot sich Santiago an, aber Nick schüttelte den Kopf.

»Ich fahr allein«, sagte er und war einen Herzschlag später verschwunden.

»Lass ihn nur machen. Er biegt das gerade, wenn es noch geht«, meinte Kellan über den Tisch hinweg.

»Und wenn ihm was passiert?«, würgte Brennan hervor.

»Ihm wird nichts passieren«, sagte Archie. »Was soll denn dieser Verbrecher gegen ihn haben? Du bist derjenige, der in Gefahr ist, denn du hast ihn bestohlen.«

Mit einem Ruck kam er auf die Beine und eilte Nick hinterher. Er fiel in die Hütte ein und fand den Mann, der sein Herz in nicht einmal zwei Tagen erobert hatte, im Schlafzimmer.

Brennan blieb im Türrahmen stehen und sah Nick dabei zu, wie er sich in schwarze Klamotten hüllte. Ein Shirt, das sich an seinen Körper schmiegte, enge Jeans und taillierte Jacke. Er sah verteufelt sexy aus und Brennan wurde wütend.

»Das ist ganz schön viel Risiko, das du für einen Typen eingehst, den du als dein Sexleben bezeichnest.« Erst nachdem er die Worte ausgesprochen hatte, bemerkte er, wie verbittert er klang.

Auch Nick blieb das nicht verborgen. Er hielt kurz inne, bevor er sich aufs Bett setzte, um in schwarze Schuhe zu schlüpfen. »Es war dumm von mir, das zu sagen. Ich wollte dich damit nicht verletzen«, sagte er leise.

»Warum sollte mich das verletzen? Das bin ich schon gewohnt.«

»Was bist du gewohnt?«, fragte Nick und band sich die Schuhbänder.

»Dass ich für einen Fick gut genug bin, aber für mehr reicht's leider nicht!«

Nick sah wie vom Donner gerührt zu ihm auf, seine Miene wurde düster. »Wer sagt so 'ne Scheiße?«

»Das hab ich selber bemerkt, stell dir vor. Du bist intellektuell und ich ...« Er brach mitten im Satz ab, weil ihm schon wieder kotzübel war.

»Intellektuell«, wiederholte Nick höhnisch und kam in die Höhe. »Du steckst mich in irgendeine Schublade, nur weil ich Bücher lese. Wow.«

»Du zitierst diesen ... Bukow... Typen da!«

»Bukowski. Dir ist aber schon klar, dass der die meiste Zeit übers Saufen und Ficken schreibt?«

»Wir haben nichts gemeinsam.«

»Das kannst du nicht wissen, weil du mich nichts über mich gefragt hast. Oder weißt du etwa, dass ich total auf Autos stehe und gerne mal daran rumschraube? Ist dir klar, dass ich diese Hütte mit Kellans Hilfe selbst gebaut habe? Weißt du, dass ich deine Werkstatt sehen und mich mit dir über alles mögliche unterhalten will? Nein, das wusstest du nicht, weil's dich nicht interessiert hat! Aber mir wirfst du vor, es ginge mir nur um einen schnellen Fick!«

Brennan stockte der Atem. »Ich bin nicht gut genug für dich.«

Nick reagierte ganz anders auf das peinliche Geständnis als erwartet – mit einem feindseligen Schnauben und einer gekränkten Grimasse. »Ah, so ist das. Du willst nicht der Sündenbock sein, wenn du mich abblitzen lässt, und kommst mit deinem idiotischen Gejammere an! Mein Gott, sei ein Mann und sag mir ins Gesicht, dass du meine Gefühle nicht erwiderst! So viel bist du mir schuldig, wenn ich schon mein Leben für dich aufs Spiel setze!«

Brennan erstarrte zu Stein, während das Blut in seinen Adern gefror und die Zeit langsamer verstrich. Er wollte den Mund aufmachen und beteuern, dass er noch nie so stark für jemanden empfunden hatte wie für Nick. Er wollte Nick an sich ziehen und ihm wenigstens *zeigen*, wie er fühlte, wenn er es schon nicht sagen konnte. Aber nichts von alledem gelang ihm.

Nick gab ein schwaches Keuchen von sich und ging.

*

Die schneebedeckte Landschaft zog an ihm vorüber und verwandelte sich vor seinem inneren Auge. Grasgrüne Bäume ragten statt den eingeschneiten Tannen in den strahlend blauen Himmel, an dem Wolken aus Zuckerwatte hingen. Die Straße war schwarz von frischem Asphalt, die Markierungen waren weiß und ohne Makel.

»Alles hat seinen Preis, Timofeyev«, schärfte ihm Yakov Alexeyev ein, während er vom Rücksitz des Vans aus referierte. Er hatte die kurz geratenen Beine überschlagen und seine Hände darauf platziert. Nick sah den

teuren Diamantring aufblitzen. »Manchmal ist es Geld, manchmal eine Gegenleistung, aber nichts im Leben ist umsonst. Also pass auf, dass du nichts verschenkst. Nicht deine Hände zum Arbeiten, nicht deinen Körper zum Vergnügen und ganz sicher nicht dein Herz, um für jemand anderen zu klopfen.«

Ihre Blicke begegneten sich im Spiegel und sie schenkten sich ein Lächeln. Yakov väterlich und gutmütig, Nick schnaubend und mit dem Sarkasmus eines Sohnes, der glaubte, alles besser zu wissen.

Zwei Monate später hatte er Mr. Alexeyev zu einem Treffen gefahren. Die Sicherheitsvorkehrungen waren ungewöhnlich penibel gewesen und Nick hatte im Hinterhof neben dem Van gewartet. Eine Stunde war vergangen, dann hatte sein Handy geklingelt. Es war Mr. Alexeyev, seine Stimme lediglich ein Flüstern: »Nikolaj, hör mir zu. Setz dich in den Wagen und fahr. Sofort.«

Sein Herz hatte zu schlagen aufgehört. »Was ist passiert?«

»Tu es einfach. Ich bitte dich, mein Junge. Tu es einfach.«

Gleich darauf war die Leitung tot und Schüsse hallten durch die Lagerhalle.

Nick war in Panik geraten und hatte gehorcht. Er war gefahren. Ohne Ziel. Bis der Morgen graute. Er wusste, dass er nichts mehr für Mr. Alexeyev hätte tun können und doch kroch ihm oft nachts im Dunkeln das schlechte Gewissen in die Lungen und raubte ihm die Luft. Dann half ihm all sein Widerwille gegen das Asthma nicht und er musste das Spray aus dem Schränkchen im Badezimmer holen und inhalieren. Ruhig werden, den Herzschlag verlangsamen, bis drei zählen …

Sein Leben war wieder halbwegs in Ordnung gewesen. Und jetzt hatte er sein verschissenes Herz an diesen verschissenen Brennan verschenkt. »Fuck!« Knurrend und schreiend schlug er auf das Lenkrad ein, ließ seiner Wut und Enttäuschung freien Lauf, weil sie ihn andernfalls umbringen würden.

Die Zeit verging, sein Fuß drückte das Gaspedal durch. Er hatte seinen Van genommen und war den Waldweg mehr hinterge*schlittert* als gefahren. Doch ihm war alles gleichgültig.

Und das war gelogen.

Nichts war ihm gleichgültig. Am allerwenigsten Brennan.

Die Lichter der Stadt schwebten wie dicke Glühwürmchen über dem Boden. Hier, wo mehr Fahrzeuge fuhren und Menschen in Bewegung waren, war kaum eine Spur von Schnee zu sehen. Bloß auf den Dächern der Unterstände für die Taxi-Kunden sammelte sich eine Masse aus Matsch, von der ab und an ein Brocken an den durchsichtigen Wänden herabrutschte.

Schon von weitem sah er die Leuchtreklame des Emerald Spire Casinos. Ein massives Teil, das blitzte und blinkte und die Farben wechselte, um Aufmerksamkeit zu erregen. Anstatt in die Tiefgarage zu fahren, entschied er sich für einen Parkplatz einen Block weiter. Es konnte nicht schaden, sich einen Fluchtweg freizuhalten. Er stellte den Motor ab und raufte sich das Haar. Als sein Handy klingelte, zuckte er zusammen. Nach einem flüchtigen Blick auf das Display nahm er ab. Er räusperte sich und hoffte, seine Stimme würde nicht so verzweifelt klingen, wie er sich fühlte. »Kit-Kat? Was gibt's?«

»Ich bin's«, murmelte Brennan. Offensichtlich hatte er Kitty beschwatzt und damit Erfolg gehabt. Der Mistkerl!

Nick sagte nichts. Seine Lippen bebten über knirschenden Zähnen.

»Nick, ich bin in dich verliebt, okay?«

Alles in ihm verkrampfte sich. »Ach wirklich? Gut, dass du mir das noch im richtigen Moment sagst. Soll ich Slick gleich für dich umlegen, damit du ihn vom Hals hast? Soll ich mich verhaften lassen, damit kein Verdacht auf dich fällt? Ist es das, was du willst?!«

»Nein, verdammt! Ich will, dass du den Irrsinn sein lässt und nach Hause kommst! Es muss eine andere Lösung geben! Bitte, ich flehe dich an.« Die letzten Worte hatten etwas so Drängendes an sich, dass Nick sie ernst nahm und fühlte, wie sie ihn mitten ins Herz trafen. Wieder konnte er keine Antwort geben. Im Auto wurde es kalt und er fröstelte. Ein Lastwagen fuhr an ihm vorbei und spritzte ihm die Scheibe voll. Mit dem Blick fuhr er die Linie der Tropfen nach, die im Licht der Straßenlaternen glitzerten wie kleine Diamanten. Er schob die freie Hand zwischen seine Schenkel, um sie dort zu wärmen.

Brennan keuchte in den Hörer und ergriff erneut das Wort: »Nick, bitte. Unser Streit tut mir wahnsinnig leid, ich ... Es war nicht meine Absicht, dich abblitzen zu lassen. Ganz im Gegenteil, das kannst du mir glauben.«

Kopfschüttelnd starrte Nick auf das Armaturenbrett. Dann hatte Brennan tatsächlich das Gefühl, ihm nicht gerecht werden zu können? Was für ein Schwachsinn. Er sollte Brennan mal die Meinung sagen, aber er war plötzlich zu milde gestimmt, um ihn anzuschreien. Weil Brennan ihn angerufen hatte, weil er sich Sorgen um ihn machte, weil es ihm leidtat.

»Ist okay«, sagte Nick. »Dann sind wir also ein Paar, wenn ich heimkomme?«

Wieder ein Ausstoßen von Luft, diesmal klang es ungläubig. »Ja«, hauchte Brennan mitgenommen. »Ja, bitte.«

Nicks Herz tat einen Satz und er lächelte. »Darum musst du nicht bitten. Wir sehen uns bald.« Er wartete nicht auf eine Erwiderung, sondern legte auf und stieg aus dem Wagen.

Die Hände tief in den Jackentaschen vergraben lief er zum Casino und musste das Glücksgefühl niederringen, weil er jetzt andere Probleme hatte.

Doch Brennan war nicht so einfach aus seinen Gedanken zu verbannen. Er fühlte sich mies, weil er überreagiert hatte. Brennan hatte ihm mehr als einmal demonstriert, dass er sich von ihm verunsichert fühlte. Aber Nick hatte selbst zu viel Angst gehabt, dass er das verdrängt und vergessen hatte. Er würde es wiedergutmachen, sobald er das hier hinter sich gebracht hatte.

Er stand kurz unter der Leuchtreklame und trat in die Wärme der Spielhalle ein.

Alles war in Rot- und Goldtönen gehalten. Die Einrichtung wirkte teuer und kaum abgenutzt. Slick legte offenbar Wert darauf, einen guten Eindruck bei seinen Kunden zu hinterlassen. Leise Musik waberte in der rauchgeschwängerten Luft, Gläser klirrten, Leute unterhielten sich. Es wirkte ziemlich voll.

Ein Kerl mit geleckten Haaren und einer Fliege am Hals lächelte ihn an und fragte nach seinem Personalausweis.

»Ich will zu Slick«, sagte Nick.

Ein misstrauischer Blick traf ihn. »Mr. Hard ist nicht im Haus.«

»Ich weiß, dass er hier ist«, log Nick. »Ich habe etwas, das er in seinen Besitz bringen will. Sag ihm, Mr. Huntington schickt mich.«

Die Miene seines Gegenübers veränderte sich. Die schmeichelnde Grimasse wurde hart und der linke Mundwinkel zuckte verächtlich. Der Mann sah sich um und verließ seinen Platz, um Nick auf Waffen abzutasten. Mit einer knappen Bewegung seines Kopfes wies er ihn an, ihm zu folgen.

Nick ließ sich in ein Labyrinth aus Hinterzimmern führen. Für einen Moment war es still, dann vernahm er wieder Musik, doch sie war anders, als jene, die die Gäste draußen zu hören bekamen. Er erkannte das Lied, weil es sich in Kittys Repertoire für die Untermalung des Abendessens befand. *Crazy In Love*. Die langsame Version. Der unnatürlich verstärkte Beat wummerte ihm unangenehm in der Kehle. Der Song war passend. Nick war ja auch von Sinnen vor lauter Verliebtheit. Trotz der Umstände musste er grinsen. Sobald er wieder zu Hause war, konnte er seinen festen Freund in die Arme schließen. *Falls ...*

»Wie ist dein Name?«, wollte der Kerl im schwarzen Anzug wissen, als sie vor einer Tür ankamen und davor stehenblieben.

»Nikolaj Timofeyev.«

»Warte hier.«

Der Gang war eng und alles war rot. Der Teppich, die Wände, sogar die Glühbirnen in den goldenen Wandleuchten. Obwohl er sich nicht sonderlich wohl fühlte, drückte er den Rücken durch und setzte eine überhebliche Miene auf. Es fiel ihm nicht schwer, in diese Rolle zu schlüpfen. Er beherrschte sie im Schlaf. Vielleicht war sie es, die Brennan eingeschüchtert hatte?

Die Tür ging auf. »Komm rein.«

Ohne Eile setzte Nick sich in Bewegung und betrat einen Raum, der durch und durch ein Klischee war. Überall standen muskelbepackte Kerle herum, die auf ihren Boss aufpassten, halbnackte Mädchen saßen auf irgendwelchen Schößen, es wurde geraucht, getrunken und gespielt. Und gekokst, wie er feststellte, als er die frisch gezogenen Lines auf dem Tisch entdeckte, an den ihn sein Begleiter geführt hatte. In der Nische saßen ein junger Schwarzer und zwei Weiße, die ihn flankierten und ziemlich betrunken oder zugedröhnt wirkten.

Der Schwarze schien nüchtern und sah lässig zu ihm hoch, das Haar zu einem glatten Zopf gebunden, die Lippen zu einem Lächeln verzogen, der Blick wach und scharf. Es bedurfte keiner Vorstellung, um Nick wissen zu lassen, dass er es mit Slick Sonny Hard zu tun hatte.

»Du hast also was, das ich will«, stellte er fest und seine Zungenspitze schnellte hervor, bevor er seinem Handlanger zunickte. »Dann rate ich dir, es mir zu überreichen, bevor ich Mickey zu was zwingen muss, was er nicht tun will.«

Nick fühlte die Mündung einer Pistole an seinem Hinterkopf.

11

»Warum nennt ihr in Welpe?«, fragte Brennan und stellte das gerahmte Foto von Nick und seinen Eltern zurück ins Regal.

Kitty schob sich den letzten Bissen eines Schokoriegels in den Mund, bevor sie nach einem neuen griff. »Saint, eine Freundin von Dad hat Nick damals hergebracht. Wir haben uns darüber beraten, ob wir ihn aufnehmen oder nicht. Ich war dafür, ein paar andere dagegen, aber das war alles gar nicht von Belang. Dad hatte die Entscheidung längst gefällt. Er meinte, dass er einen Welpen nicht fortschicken würde, nur weil unser Vertrauen in die Menschheit bröckelt. Kellan war nicht begeistert. Er fragte Dad, was er damit sagen wollte. Ich meine, niemand von uns wusste es. Nick sieht nicht gerade aus wie ein Welpe, mit seiner düsteren Art und dieser gleichgültigen Maske, die er so gut zu tragen weiß.«

Brennan nickte ihr beipflichtend zu. Ja, er wusste, wovon die Rede war.

»Willst du auch Schokolade?«

»Danke, ich hab keinen Hunger.«

»Das sind Süßigkeiten, Brennan, dazu muss man keinen Hunger haben«, neckte sie ihn. »Jedenfalls hat Dad kein Wort mehr darüber verloren, bis Kell ...«

»Bis er Nick verletzt hat? Draußen im Wald?«

»Sie sind nach Hause gekommen, Kell hat Nick ins Haus gebracht und ihn selbst verarztet, weil Lorraine nicht da war. Vielleicht wären die Wunden besser verheilt, wenn sie sich darum gekümmert hätte.« Ihre Stimme klang bedrückt und sie sah stur nach draußen, als wolle sie vermeiden, Brennan ins Gesicht zu blicken. »Jedenfalls kam Dad runter, als Kellan Kaffee aufsetzte und ich ein paar Süßigkeiten hervorkramte. Er fragte nichts und sagte nichts. Er hielt bloß die Tür einen Spalt auf und wies uns nach einer Weile an, ins Wohnzimmer zu schauen.« Sie schniefte, als würde sie weinen, obwohl sie lächelte. »Nick saß in dem Stuhl, in dem du auch vor kurzem gesessen hast. Billy kniete vor ihm auf dem Boden. Sie haben leise *Miss Mary Mack* gespielt. Du weißt schon, das Klatschspiel. *Miss Mary Mack, Mack, Mack, all dressed in black, black, black* und so weiter.«

Brennan schluckte gegen seine enge Kehle an.

Kitty fuhr sich durchs Haar. »Dad sagte, wir sollen nie wieder behaupten, Nick sei kein Welpe mehr. Nicht solange er noch einer ist.«

Und jetzt war sein Welpe in Gefahr. Er ballte die Hände zu Fäusten und wollte aufspringen, um sich auf den Weg zu machen. Nick brauchte ihn vielleicht und *er* hockte hier herum und ließ sich von einem anderen aus der Scheiße ziehen, in die er sich selbst gebracht hatte.

»Nach diesem Tag hat niemand mehr an Nicks Zugehörigkeit gezweifelt und Kell hat sowieso einen Narren an ihm gefressen«, sagte Kitty schmunzelnd. »Aber da scheint er nicht der Einzige zu sein.«

*

»Ich habe das Geld nicht bei mir. Ich bin gekommen, um einen Deal vorzuschlagen«, sagte Nick ruhig, obwohl ihm bewusst war, dass man eine Waffe an seinen Kopf hielt und ihm jede Sekunde das Hirn aus dem Schädel pusten konnte.

»Das Geld?« Slick schüttelte den Kopf.

»Das Geld, das Brennan dir gestohlen hat.«

»Es geht mir nicht um das beschissene Geld und das weiß er genau.«

»Worum geht es dann?«, fragte Nick überrascht.

»Ahuh«, lachte Slick schrill, aber nicht unangenehm, und zeigte ihm seine weißen Zähne. »Er hat einen Typen vorgeschickt, der ihn beschützen soll, und sagt ihm nicht mal, worum es geht. Hast du das gehört, Mickey?«

»Ich hab's gehört«, bestätigte der Mann hinter Nick, dessen Hand nicht im Mindesten zitterte. Recht beruhigend eigentlich, wenn er so darüber nachdachte. Wenigstens würde sein Tod kein Versehen aufgrund eines bebenden Fingers sein.

Slick grinste. Trotz des Umstandes, dass er ein Verbrecher war, wirkte er sympathisch. »Brennan schickt dich in die Höhle des Löwen und du rennst blind hinein, ohne dich ausreichend über die Sachlage zu informieren? Bist du sein Lover?«

Nick zeigte ihm unabsichtlich die Zähne, weil ihm seine Coolness für einen Moment verloren ging. Seine Gedanken liefen Amok. Das zwischen Brennan und ihm war mehr als Sex! Das war es doch, oder? Das würde es sein! Hatte der Dreckskerl ihn wirklich ins Messer laufen lassen?

»Hey, ist nur ein Scherz und kein Schwanz, also nimm's nicht zu hart«, sagte Slick und zuckte mit den Schultern, über die sich ein wild gemusterter Anzug spannte. Er nickte Mickey zu und die Waffe löste sich von Nicks Kopfhaut. Mit einem Handwink und ein paar scharfen Worten verscheuchte er seine Kumpane. Als sie mit Mickey alleine waren, fragte Slick: »Also gut, du bist gekommen, um mir einen Deal zu unterbreiten. Erzähl mir davon und dann erzähl ich dir, warum ich ihn nicht annehmen kann.« Er steckte sich eine übelriechende Zigarre an und hüllte sich in deren Rauch.

»Brennan hat dir Geld gestohlen. Er will es dir zurückzahlen. Dafür verschonst du sein Leben«, brachte Nick rau hervor.

»Das Problem ist, dass es nicht um Geld geht«, erwiderte Slick und in seinen dunklen Augen blitzte so etwas wie Bedauern auf. »Er hat etwas genommen, das nicht in die falschen Hände geraten darf.«

»Er hat nur von Geld gesprochen.«

»Ich wusste, dass er mich beklaut, aber das lag im akzeptablen Bereich.« Slick winkte mit einem überraschend eleganten Handwink ab. »Er wurde nicht übermütig oder gierig. Ich konnte darüber hinwegsehen. Alle meine Handlanger bestehlen mich in irgendeiner Form.«

»Ich nicht, Boss«, versicherte Mickey und erinnerte Nick an seine Anwesenheit.

»Oh doch, du raubst mir den letzten Nerv«, grinste Slick.

»Was ist es dann, was Brennan gestohlen hat?«, fragte Nick.

»Sei froh, dass du es nicht weißt. Sonst müsste ich vielleicht dafür sorgen, dass du niemandem ein Wort davon erzählen kannst.«

»War das eine Morddrohung?«

»Nein. Eine Drohung, dass du deine Zunge verlieren könntest«, klärte Mickey trocken auf.

Nick bewahrte Ruhe. »Der Deal kann trotzdem stattfinden. Brennan kann dir zurückgeben, was auch immer er dir genommen hat, und dafür lässt du ihn gehen.«

Slick musterte ihn mit einem Schmunzeln, während dieses verdammte Lied einfach kein Ende nehmen wollte. Lief der Mist etwa auf Dauerschleife? »Mir gefällt, wie du dich gibst. Du scheinst daran gewohnt zu sein, dich nicht einschüchtern zu lassen.«

Der Gangster schob ihm unwissentlich einen kleinen Trumpf zu, den Nick sofort ausspielte. »Ich hab jahrelang einen Mann der russischen Mafia und seine Freunde, sowie seine Feinde durch halb Amerika gefahren. Mich schüchtert niemand so leicht ein.«

»Name?«

»Ich glaube nicht, dass er dir etwas sagt. Yakov Alexeyev.«

In Slicks Miene zeigte sich eine undeutbare Regung. »Du irrst dich. Ich habe von ihm gehört.« Er legte einen Arm auf die Lehne der mit hellrotem Leder bezogenen Sitzbank. »Ich könnte dich mögen. Und ich mag Brennan.«

»Dein Herz ist zu groß«, murmelte Mickey.

»Oh! Schon wieder ein gerissener Nervenstrang«, spöttelte Slick und wurde ernst. Das war also das Gesicht, das er aufsetzte, wenn er Geschäfte machte. Es war beunruhigend hart. »Der Deal könnte stattfinden. Aber ich will mit Brennan sprechen.«

»Nein.« Nick schüttelte den Kopf. Er würde diesen Mann nicht in Brennans Nähe lassen.

Slick ließ sich von dem Widerspruch nicht beirren. »Ich muss wissen, was er mit der Scheiße vorhatte und ob er jemanden mit reingezogen hat, der mir gefährlich werden könnte. Außerdem will ich ihm ins Gesicht sagen, dass er ein Wichser ist. Ich will ihm in die Fresse schreien, dass ich einen Mann verloren habe, der seinetwegen von irgendeinem Scheißvieh im Wald angefallen worden ist! Und wenn ich Brennan am Leben lassen soll, muss ich mir sicher sein, dass das meine nicht in

Gefahr ist. Das wirst du doch verstehen. Jeder muss seine Haut retten.«

Zähneknirschend verfiel Nick in Schweigen. Sie starrten einander an, keiner blinzelte. Schließlich sagte er: »Ich werde ihn nicht herbringen.«

»Ein neutraler Treffpunkt«, schlug Slick vor, der seine Befürchtungen offenbar ebenso gut nachvollziehen konnte, wie es umgekehrt der Fall war.

»Einverstanden.«

»Gut. Mickey soll dich begleiten.«

»Ausgeschlossen.«

»Nikolaj …«

»Nick.«

Slick brach in Gelächter aus. »Nick, Slick und Mick. Was für eine Lächerlichkeit.« Er wischte sich mit den Händen über die feucht gewordenen Augen und schnaubte. »Nick. Ich kann dich nicht einfach gehen lassen.«

»Und ich kann nicht zulassen, dass du mir einen Wachhund mitschickst. Ich bin für mehrere Menschen verantwortlich, die hiermit rein gar nichts zu tun haben. Ich werde sie nicht in Gefahr bringen.«

Wieder gab Slick ein Seufzen von sich, das so herzerweichend klang, dass er einem fast leidtun konnte. »Einverstanden«, sagte er gedehnt. »Aber wenn du versuchst, mich übers Ohr zu hauen, blas ich Huntington und dir die Lichter aus.«

Sein Tonfall ließ keinen Zweifel daran, dass er es ernst meinte.

»In Ordnung«, gab Nick zurück.

✷

»Ihr hattet schon Sex, oder?«, fragte Kitty ohne die geringste Vorwarnung.

Brennan, der seit über einer Stunde im Zimmer auf und ab ging, blieb abrupt stehen und fühlte, wie sein Herz stockte. Er nickte.

»Ich glaube, Nick hat Angst, dass das zwischen euch wie beim letztem Mal enden könnte. Mit Everard. Der Arsch hat ihn ziemlich verletzt. Ist mit ihm ins Bett gestiegen und hat sich danach nie wieder blicken lassen.«

»Ich bin aber noch da.«

»Weil du es sein musst. Du brauchst uns. Du brauchst ihn.«

»Ja, das tu ich. Und zwar nicht bloß, weil er mir den Hals aus der Schlinge zieht, sondern aus ganz anderen Gründen.«

»Mir gegenüber musst du das nicht beteuern. Ich glaube dir, aber mir fällt es leicht, weil nicht mein angeknackstes Herz auf dem Spiel steht.«

Brennan stöhnte in seine vorgehaltenen Hände. »Es war mein Fehler, ich … hätte es langsamer angehen lassen müssen.«

»Das fällt einem schwerer, als man glaubt, wenn das Begehren erst einmal da ist«, gab Kitty wissend zurück und ließ erahnen, dass es auch bei Santiago und ihr stürmisch begonnen hatte.

Brennan fragte sich, ob er ein gutes Wort für Santiago einlegen sollte. Er schwieg und Kitty fuhr fort.

»Nur weil man seiner Leidenschaft zuerst nachgibt, heißt das nicht, dass nichts Ernstes mehr daraus werden kann. Auch wenn Nick vom Gegenteil ausgeht, weil er schlechte Erfahrungen gemacht hat.«

»Wie war es bei Kellan und deinem Dad?«

Kitty lachte und ließ den Kopf gegen die Sofalehne sinken, um an die Decke zu sehen. »Ich war vierzehn, als sie sich kennengelernt haben. Mum hatte Dad schon lange zuvor verlassen, weil sie wohl gespürt hat, dass er sie niemals so lieben würde, wie sie sich das erhoffte.« Sie wurde wehmütig und holte tief Luft, ehe sie wieder grinste. »Jedenfalls sind Dad und Kell ja wie Feuer und Wasser. Kell war Gärtner an der Uni, an der Dad angestellt war. Sie haben sich ständig gestritten, weil Kell auffällig viel vor Dads Büro herumgewerkelt hat. Irgendwann hat es aber doch nicht nur in der Zankerei gefunkt und sie sind im Bett gelandet. Ich glaube, Dad war ziemlich überrascht. Er war vorher nur mit Frauen zusammen, soweit ich weiß. Kell hat mir später erzählt, dass Dad es bei dem One-Night-Stand belassen wollte, aber Kellan hat nicht aufgegeben. Und ich bin ihm furchtbar dankbar, denn mit ihm ist Dad so glücklich, wie ich ihn nie zuvor erlebt habe.«

»Wie war es für dich, als du Kellan kennengelernt hast?«

»Oh, Dad war sehr behutsam, als er mich mit Kell bekanntgemacht hat. Erst war der fremde Mann nur *ein guter Freund*, aber ich war nicht blöd und selbst zum ersten Mal verknallt.« Sie lachte. »Dad hat sich immer unter Kontrolle, wie du sicher bemerkt hast, und war nicht so leicht zu durchschauen, aber Kell … Sein Blick hat mir gesagt, was ich wissen musste, schon bevor ich sie bei einem harmlosen Küsschen über dem köchelnden Abendessen erwischt habe.«

»Fiel es dir schwer, dich damit abzufinden?«

»Nicht wirklich. Im ersten Moment war es ein Schock, aber …« Kitty zuckte mit den Schultern. »Vielleicht half es, dass Mum total aus der Haut gefahren ist, als ich's ihr erzählt habe. Naturgemäß musste ich rebellieren und das tat ich, indem ich Kellan noch schneller in mein Herz gelassen habe, als ich das sowieso getan hätte. Er ist ein toller Kerl und ein erstklassiger zweiter Vater. Der Coolere von beiden, würde ich sagen«, fügte sie breit grinsend hinzu.

Brennan lachte. »Bist du mit deiner Mum zerstritten?«

»Nein, aber wir stehen uns auch nicht nahe. Sie wohnt jetzt in New York mit einem neuen Mann. Wir sehen uns ab und an, aber niemand von uns beiden brennt auf einen innigeren Kontakt. Ich bin schon zu Dad und Kell gezogen, als ich 16 war.«

Die Tür ging auf und schlug an die Wand dahinter. Brennan zuckte zusammen und blickte gleich darauf in Nicks Gesicht, in dem nichts von der Versöhnlichkeit zu erkennen war, die am Telefon zwischen ihnen geherrscht hatte. Seine Erleichterung, Nick wohlauf zu sehen, wich einer Angst, die ihm den Hals zuschnürte. In Nicks Augen, die hinter den Kontaktlinsen funkelten, lag Hass.

»Kit-Kat, verschwinde«, knurrte Nick tief aus dem Bauch heraus.

»Was ist passiert?«, fragte Kitty, während sie aufstand.

»Du sollst gehen. Ich muss mit dem da reden.« Er hielt Brennans Sporttasche in der Hand. Die musste er aus Foremans Haus geholt haben. Sie hatten sein Auto gar nicht gehört. Was Brennans Aufmerksamkeit jedoch mehr erregte als die Tasche, war der Umschlag mit dem Geld, der in Nicks Fingern ruhte. Warum war er so wütend deswegen? Brennan hatte keinen Hehl daraus gemacht, dass er Slick bestohlen hatte. Schon wieder drehte sich ihm der Magen um.

Kitty warf Brennan einen irritierten Blick zu und verschwand. Die Tür glitt hinter ihr in den Rahmen und ihre dumpfen Schritte entfernten sich.

»Du hast mich zum Narren gehalten, du verdammtes Arschloch«, sagte Nick.

»Was? Ich weiß nicht, was du meinst.«

»Du hast gesagt, du hast *Geld* gestohlen.«

»Das habe ich! Du hältst es doch in der Hand.« Verzweifelt deutete er auf den Umschlag. Seine Eingeweide waren heißer Matsch.

Nick ließ die Tasche fallen und stieß Brennan grob gegen das Bücherregal. Ein stechender Schmerz schoss ihm durch den Rücken und für eine Sekunde blieb ihm die Luft weg. Nick hielt ihm etwas vors Gesicht und brüllte so laut, dass es in den Ohren wehtat. »Und was ist das hier? Kannst du mir das erklären?!«

Brennan besah sich die Fotos, während sein Blut heiß und hart durch seine Adern pulsierte. Die Aufnahmen zeigten Slick in eindeutiger Pose mit einer Frau. Man hatte durch das Fenster eines Hochhauses fotografiert, wie sie sich auf dem Bett räkelten. Erst verstand er nicht, dann erhaschte er einen Blick auf ihr rotes Haar und wusste, wer sie war. Isabel Johnson. Die Frau eines Rivalen, der für seine Aggressivität bekannt war. Slicks Todesurteil. Und es hatte sich in *seinem* Besitz befunden.

»I… ich wusste nichts davon, ich schwöre es dir«, würgte er hervor und sein Herz hämmerte gegen Nicks Hand, die immer noch auf seiner Brust lag.

»Du schwörst ziemlich viel«, erwiderte Nick verächtlich. »Aber das ist alles bloß Geschwätz, hab ich recht?«

Brennan schüttelte den Kopf und presste die bebenden Lippen aufeinander. »Ich hatte keine Ahnung, dass ich diese Fotos bei mir habe.«

»Hör auf!«, schrie Nick ihn an und schlug mit der Faust gegen die Bücher nahe an Brennans Kopf. »Du hast mich die ganze Zeit nur verarscht und benutzt! Du wolltest Slick mit diesem Dreck erpressen! Und es war dir scheißegal, was mit mir passiert, wenn ich in sein verficktes Casino einfalle, um deinen Arsch zu retten!« Mit einem Ruck wandte er sich ab und wollte gehen.

»Nein, so war es nicht! Nick!«, rief Brennan und bekam ihn von hinten am Handgelenk zu fassen. Er drückte fest zu, fühlte Knochen, Sehnen und kalte Haut.

Nick wirbelte herum und schlug ihm die Faust ins Gesicht. So hart, dass Brennan der Kopf zur Seite gerissen wurde und schwarze Flecken vor seinen Augen tanzten.

»Nikolaj für dich«, flüsterte Nick und ließ ihn allein.

Brennan widerstand dem Drang, ihm nachzulaufen. Was würde das bringen? Mit seinen zitternden Knien schaffte er es gerade noch zum Sofa, auf dem sie miteinander gekuschelt hatten. Er strich mit den Fingern über die Decke und fühlte heißes Nass an seinen Wangen. Ein kleines Schluchzen entrang sich ihm und er nahm die Fäuste vors Gesicht. Am liebsten würde er sich selbst schlagen. Warum hatte er nicht in den verdammten Umschlag gesehen? Weshalb hatte er ihn überhaupt gestohlen? Er war ein widerlicher Kleingauner und Nick hatte seinetwegen sein Leben riskiert. Ihm hätten schlimme Dinge zustoßen können. Jetzt hatte er ihn verloren, bevor er ihn ganz für sich gewonnen hatte. Er wischte sich mit den Ärmeln seines Pullis trocken, doch seine Haut war gleich darauf wieder feucht. »Fuck, bitte ...«

Jemand kam herein. Am Klang der Schritte erkannte er, dass es nicht Nick war, und verhielt sich ruhig. Vielleicht würde man ihn ja übersehen.

Eine kräftige Hand legte sich an seine Schulter und Foreman murmelte: »Komm, mein Junge. Es wird Zeit, es hinter dich zu bringen.«

Benommen stand er auf und rieb sich noch einmal die Augen. Er schlüpfte in seine Schuhe und nahm die Jacke vom Stuhl, über dessen Lehne er sie gehängt hatte. Er zitterte, denn er wusste, was kommen würde. Nick würde ihn ausliefern. In seinen Augen hatte Brennan sie alle aus Habgier in Gefahr gebracht. Dabei war es bloß aus Dummheit und Angst passiert. Was es auch nicht viel besser machte.

Anstandslos ließ er sich von Foreman zu Nicks nachtschwarzem Mercedes begleiten. Der alte Mann hielt ihm die Tür auf und schenkte ihm ein Lächeln zum Abschied. Brennan konnte es nicht erwidern, als er in den Wagen stieg.

Nick sah so hinreißend schön aus in seiner grimmigen, düsteren Wut, die Linke am Lenkrad, die Rechte am Schaltknüppel. Brennan fühlte sich so heftig zu ihm hingezogen, dass er sich fast vor ihm verneigt hätte, um den Kopf in seinen Schoß zu legen und um Verzeihung zu bitten. Nick würdigte ihn keines Blickes und fuhr los.

Sie schlitterten den Waldweg nach unten und wurden ordentlich durchgeschüttelt. Brennan hielt sich an dem Griff über dem Fenster fest. Wie passend, dass man ihn *Angstgriff* nannte. Brennan hatte eine Heidenangst. Nicht wegen Nicks mörderischer Fahrweise, sondern vor Slick. Würde er ihm gleich eine Kugel zwischen die Augen jagen oder würde er ihm die Möglichkeit geben, sich zu erklären?

Trotz der Kälte begann Brennan zu schwitzen und die Übelkeit war inzwischen dermaßen drängend, dass ihm Magensäure hochkam. Er würgte sie hinunter.

Nick lenkte den Wagen auf die Landstraße, die Brennan schon einmal zuvor zum Verhängnis geworden war. Ironie des Schicksals, dass Slick ausgerechnet diesen Treffpunkt ausgesucht hatte, um ihm die Lichter auszublasen.

»Hör auf damit«, knurrte Nick.

»Womit?«

»Du riechst nach Angst.«

Brennan konnte keine Antwort geben. Er konnte nicht einmal mehr atmen. Seine Augen brannten und er richtete den Blick aus dem Fenster, um Nick nicht sehen zu lassen, was in ihm vorging. Um ihn nicht bemerken zu lassen, wie verletzt er war.

Als er die Reifenspuren sah, die in den Wald hineinführten, setzte sein Herz einen Schlag aus. Nick folgte ihnen. Der Nachthimmel wurde von Baumwipfeln abgelöst und hüllte sie in Finsternis. Die Scheinwerfer warfen ihre Lichtkegel in das gespenstische Dunkel. Fünf Autos, darunter auch Slicks Karre, standen an einer Lichtung, die der Mond kaum mit seinem fahlen Schein beehrte. Slick stand umringt von seinen Männern in dem Kreis, den die Bäume freigelassen hatten. Er trug eine braune Lederjacke mit weißem Pelzbesatz und einen Schlapphut. Ihre Blicke trafen sich.

»Du bleibst im Wagen, bis ich dich hole«, befahl Nick und als Brennan nichts darauf erwiderte, setzte er nach: »Brennan, hast du mich verstanden?«

Ein Nicken gelang ihm. Die Tür ging auf und zu, Nick stapfte durch den Schnee zu Slick hinüber. Er überreichte ihm den Umschlag mit den verfänglichen Fotos und sie unterhielten sich. Slick sah sich die Aufnahmen durch und grinste merkwürdig. Brennan ließ den Blick schmal werden und wagte nicht zu blinzeln. Soweit er sehen konnte, wurde Nick im Gegenzug nichts überreicht. War sein Lohn etwas, das nicht mit Geld bezahlt werden konnte? Vielleicht Schutz für das Dorf? Oder etwas Materielles, das zu groß war, um es im Wald zu übergeben? Eine Anstellung? Ein Anteil an den Gewinnen des *Emerald Spire*?

»Wie viel ist euch mein Leben wert gewesen?«, fragte Brennan. Dumpfheit befiel ihn, füllte seinen Schädel und seine Brust aus.

Nick kam auf ihn zu und öffnete die Tür. »Steig aus.«

Brennan bekam die Füße auf den Boden, spürte die Kälte durch seine Schuhsohlen und fröstelte. Er stellte sich auf seine zittrigen Beine. Aus dem Augenwinkel sah er, wie Mickey – dieser Stier von einem Mann – auf ihn zukam und ihn am Arm packen wollte.

Zu seiner maßlosen Überraschung warf sich Nick vor ihn und versetzte Mickey einen Stoß gegen die Brust. »Keiner fasst ihn an, hab ich gesagt.«

Brennan spürte ein heißes Flackern in der Magengrube. Nick hatte ihn nicht hergebracht, um ihn auszuliefern?

»Und das wird auch niemand. Wir haben einen Deal. Brennan ist ein freier Mann«, ermahnte Slick und Mickey trat gehorsam einen Schritt zurück, während Slick einen Meter vor Brennan stehenblieb. Er hatte die Hände tief in den Jackentaschen vergraben. »Sofern er keinen Unsinn angestellt und die Fotos kopiert oder jemandem davon erzählt hat.«

Brennan öffnete den Mund, um zu sprechen. Es fiel ihm schwer. »Ich schwöre, ich wusste nicht, dass sie in dem Umschlag sind. Ich dachte, da sei nur Geld drin.«

Slick streckte die Zunge zwischen den Zähnen hervor und musterte ihn durchdringend. Blitzte da ein Zweifel in seinen Augen auf?

Ein Schuss durchschnitt die Luft und hallte in seinen Ohren. Nick warf sich auf ihn und sie gingen zu Boden. Brennan landete im Schnee. Slick wurde neben ihm unter Mickey begraben. Jemand brüllte. Weitere Schüsse wurden abgefeuert.

»Johnson, es ist Johnson!«, brüllte Cameron hinter der Motorhaube eines Chevrolets.

»Die Wichser sind uns gefolgt!«, schrie Mickey Slick ins Ohr und half seinem Boss halb in die Höhe, um hinter eines der Autos zu fliehen. Sie standen kräftig unter Beschuss und Kugeln hagelten in die Karosserie. Es roch nach Benzin.

Brennan ließ sich von Nick unter den Mercedes schieben und sah, wie Nick auf dem Rücken liegend eine Pistole entsicherte.

»Sliiick!«, kreischte Johnson durch den Wald. Brennan erhaschte einen Blick auf den schmächtigen Mann, der von einem Baumstamm zum nächsten huschte. Seine Haut war fast so blass, wie der Schnee weiß war. »Isabel hat mir erzählt, dass du's mit ihr getrieben hast, du Scheißkerl!«

»Da mach ich so viel Aufhebens um die beschissenen Fotos und dann kann die Schlampe ihre Klappe nicht halten«, sagte Slick mit dumpfer Stimme, während er ein neues Magazin in seine Smith & Wesson schob.

»Komm raus und stell dich mir wie ein Mann!«

Erneut wurde geschossen, Männer von beiden Fronten gingen zu Boden und einige rollten den Hang hinunter. Blutspuren zierten den Schnee.

»Johnson, hau ab, bevor ich dich umlege!«, schrie Slick nach einem leisen Fluch. Er schoß ein paar Mal über die Deckung hinweg, ohne sich umzudrehen.

»Deine Männer sind wie dein Schwanz. Zu klein und können nichts!«

»Du bist ein toter Mann, Slick Sonny Hard!«

Die Schießerei flammte erneut auf und es wurde wirr durcheinandergebrüllt. So musste sich Krieg anfühlen. Plötzlich das Knurren von Wölfen und Schmerzensschreie, die einem das Blut in den Adern gefrieren ließen.

Foreman schoss in seiner Wolfsgestalt aus dem Wald und fiel über einen Hitman Johnsons her, während ein großes, kräftiges Biest – vermutlich Kellan – sich einen von Slicks Handlangern vornahm.

»Was sind das für Viecher, verfluchte Scheiße?«, brüllte Slick.

Nick wandte sich Brennan zu. In seinem Blick lag etwas Gehetztes. »Robb unter dem Wagen durch, steig ein und fahr. Ich geb dir Deckung.«

»Ich fahr nicht ohne dich weg, du verdammter Irrer«, konterte Brennan und starrte Nick böse an. »Ich hab die Wahrheit gesagt.«

»Jetzt ist nicht der richtige Zeitpunkt. Bring dich in Sicherheit.«

»Ich geh nicht ohne dich.«

»Ist dir dein Leben etwa nicht wichtig?«, fuhr Nick ihn an.

»Doch.« Brennan schluckte. »Aber *du* bist mir mindestens genauso wichtig.«

Nick drehte sich weg. Seine Fingerknöchel umklammerten die Waffe so fest, dass sie weiß hervortraten. Ein Wolf, der James sein musste, packte einen Kerl von hinten am Kragen und schüttelte ihn zu Boden. Nick gab einen merkwürdigen Laut von sich und knurrte: »Steig ein. Ich fahr mit dir zum Dorf zurück, wenn das die einzige Möglichkeit ist, die du mir lässt.«

Brennan gab keine Antwort. Behutsam schob er sich unter dem Wagen hindurch und zog dabei eine Schneise in den Schnee. Der Platz war begrenzt und das Gefühl seiner Beklemmung wuchs. Er hielt inne und den Atem an, als jemand an der Fahrerseite des Autos entlangschlich. Seine Augen weiteten sich. Dunkelbraune Fullbrogues zu beigen Hosenbeinen befanden sich nur ein paar Handbreit von ihm entfernt.

Er streckte die Hand nach Nick aus und warf einen flüchtigen Blick zu ihm hinüber. Nick bemerkte den Feind und drückte Brennans Finger, um zu nicken – er würde sich darum kümmern.

Sofort klopfte Brennans Herz noch ein paar Takte schneller. Die Geräusche um ihn herum nahm er nur mehr dumpf wahr, so konzentriert war er auf die Schuhe und Waden neben dem Auto. Nick erhob sich in die Hocke und schlich Richtung Motorhaube. In Gedanken bat Brennan ihn um Vorsicht.

Dann ging alles irrsinnig schnell. Der Typ neben ihm machte eine ruckartige Bewegung, Brennan beeilte sich, unter dem Mercedes hervorzukommen, und zuckte zusammen, als neben ihm ein Schuss fiel. Der Kerl mit den eleganten Schuhen brach zusammen, während Nick auf die Beine kam und schwer atmend auf den Toten hinabblickte. Nur einen Moment. Sie sahen sich an.

Brennan sprang in den Van und startete den Motor. Die Beifahrertür ging auf und Nick setzte einen Fuß herein. Eine Kugel schlug in der Windschutzscheibe ein, brachte sie jedoch nicht zum Bersten. Mit voller Wucht wurde Nick nach vorn geschleudert, schlug sich den Kopf an und ging zu Boden.

»Nick«, keuchte Brennan und sein Herz versagte ihm den Dienst.

12

Brennan stand unter dem Türsturz und beobachtete Lorraine dabei, wie sie sorgfältig die Decke um Nick feststeckte, sodass kein noch so kleiner Spalt blieb.

Billy saß auf der Bettkante und sang Nick vor. »*Miss Mary Mack, Mack, Mack, all dressed in black, black, black, with silver buttons, buttons, buttons, all down her back, back, back.*«

Archie stand am Kopfende des Bettes und sah schweigend auf Nicks leichenblasses Gesicht hinab. Die Arme hatte er vor der Brust verschränkt, bis er schließlich ganz langsam den Rechten herabließ – wie eine

Schlange ihren Körper – und Nick ein paar Strähnen aus der Stirn strich.

Billy griff nach Nicks Hand und klatschte zwei seiner Finger sachte gegen dessen Handfläche. »*She asked her mother, mother, mother for fifteen cents, cents, cents to see the elephants, elephants, elephants jump the fence, fence, fence.*«

Brennan dachte an den Moment, in dem er geglaubt hatte, Nick sei tot. Wie etwas nach ihm gegriffen und ihm das Herz herauszureißen versucht hatte.

Lorraine stand plötzlich neben ihm. »Er braucht Ruhe und Zeit. Ich muss mich um die anderen kümmern. Die haben auch was abbekommen.«

»Es tut mir leid«, murmelte Brennan, weil ihm klar war, dass sie ihm die Schuld gab und damit recht hatte.

Lorraine überraschte ihn mit einem Lächeln. »Das lassen wir hinter uns. Es scheint überstanden und ich geb dir eine zweite Chance. Okay?«

Brennan nickte und fühlte eine Welle der Dankbarkeit. »Okay.«

»Gib Bescheid, wenn er etwas braucht.«

»Ich glaube, wir gehen und lassen Nick ausschlafen«, schlug Archie in Billys Richtung vor und warf ihm einen auffordernden Blick zu, als Billy protestieren wollte.

»Ist gut«, murmelte Billy widerwillig und bettete Nicks schlaffe Hand neben dessen Körper. »Bis später.« Er stand auf und beugte sich hinab, um Nick die Stirn zu küssen.

In der Sekunde stiegen Brennan Tränen in die Augen.

Billy griff im Vorübergehen nach Brennans Fingern und drückte sie. Archie legte ihm die Hand an die Schulter und sagte: »Möglich, dass er sich im Schlaf verwandelt. Lass dich nicht davon beunruhigen.«

Die Tür glitt ins Schloss und Stille kehrte ein.

Brennan starrte Nick mit bebenden Lippen an. Ein Streifschuss hatte ihn von hinten am Arm getroffen, als er einsteigen wollte. Es war der letzte Schuss, der gefallen war, bevor es ein Ende gefunden hatte. Und der hatte ausgerechnet *Nick* treffen müssen ...

Eine Sekunde später war Archie an Brennans Seite gewesen und hatte ihm geholfen, Nick in den Wagen zu heben.

Slick hatte sich ungläubig umgesehen und schließlich einen Blick mit Brennan gewechselt, der ihm sagen sollte, dass sie quitt waren. Und als Brennan gesehen hatte, wie Mickey eine blutüberströmte Leiche aus dem Wald schleifte, war ihm klar geworden, warum. Johnson war tot. Ihn interessierten die Umtriebe seiner untreuen Frau nicht mehr.

Zögerlich setzte er sich jetzt in Bewegung und legte sich zu Nick auf das Bett. Rabenschwarzes Haar hob sich von fahler Haut ab. Die Narben an seinen Wangen waren in all der Blässe kaum auszumachen. Nicks Brust bewegte sich in schwachen Atemzügen. Brennan legte behutsam seine Hand darauf, fühlte Wärme und das

Schlagen eines kräftigen Herzens gegen seine Handfläche.

Sein schlechtes Gewissen erdrückte ihn fast unter seiner Last. Wäre er nicht ein so schrecklicher Mensch, wäre das nicht passiert. Und dann hatte er in seinem Misstrauen und seiner Angst angenommen, Nick würde ihn ausliefern. Dabei hatte der alles unternommen, um ihn zu retten.

Nick gab einen undeutbaren Laut von sich und nahm seine Wolfsgestalt an. Dieses Mal ging es langsam. Als kostete ihn die Verwandlung Kraft, die er nicht hatte.

Zu Brennans Überraschung kuschelte Nick sich in seine Arme und bettete den süßen Kopf in die Mulde zwischen Brennans Hals und Schulter. Sein Fell war weich, sein Körper drahtig, doch kraftvoll. Brennan kraulte ihn und schmiegte sich an ihn. In jenem Moment, in dem er ihn im Arm hielt und keinerlei sexuelle Spannung zwischen ihnen herrschte, sondern bloß unschuldige Zuneigung, wurde ihm mit voller Wucht bewusst, wie lieb er Nick hatte. So lieb wie nichts sonst.

*

Nick schlug die Augen auf und rieb den Kopf an Brennans Schulter, sog dessen Duft in sich auf. Er blickte in Brennans maskulines Gesicht, das jungenhaft wirkte, wenn er schlief.

Dumpfer Schmerz, der von seinem Arm ausging, quälte sich durch seinen Körper, wie eine Flutwelle sich an den Strand wälzte oder eine Lawine einen Hang hinunter donnerte. Er verebbte und ließ ihn aufatmen. Es war vorbei, die Gefahr gebannt. Ein Lächeln huschte über sein Gesicht und er verwandelte sich zurück in seine menschliche Gestalt, um sich in Brennans Armen ausstrecken zu können. Er fühlte sich gut hier.

Brennans Lider hoben sich, schienen schwer und widerspenstig, bis ihm bewusst wurde, dass Nick ihn ansah. Er verzog die Miene und wollte sich aufrichten. »Du bist wach. Brauchst du etwas? Wie fühlst du dich?«

Nick hielt ihn zurück und biss die Zähne zusammen, als der Schmerz blitzartig zurückkehrte. Ihm kam in den Sinn, was Brennan zu ihm gesagt hatte, als er dort unter dem Van gelegen und sich geweigert hatte, ohne ihn zu fliehen.

»Bleib«, brachte er heiser hervor und Brennan sank in die Kissen. »Am besten gleich für immer.« Die Worte kamen aus seinem Mund, bevor er darüber nachdenken konnte. Er vergrub das Gesicht an Brennans Hals, in dem eine Ader wie wild geworden pulsierte.

»Du hättest meinetwegen sterben können«, flüsterte Brennan und man konnte hören, wie ihm das zu schaffen machte.

Nick vergrub die Finger in weichem Haar und ließ sich näher an Brennan ziehen. »Wie Bukowski schon sagte: *Finde, was du liebst, und lass es dich töten.* Und weil du es beim ersten Mal nicht geschafft hast, du mir aber so viel bedeutest, gestatte ich dir einen zweiten Anlauf.«

Brennan gab ein grunzendes Lachen von sich. »Du bist ein Idiot.«

»Du auch«, wisperte Nick liebevoll und streichelte Brennans Nacken.

Ihre Blicke trafen sich, Brennans Augen glänzten nass. Nick fühlte, wie sich in seinem Inneren etwas zusammenzog. Dann beugte er sich vor und küsste erhitzte Lippen. Brennan erwiderte die Zärtlichkeit und das Zittern seines Körpers ebbte ab.

Nick veränderte die Position und legte sich dummerweise auf seinen Arm, was den Kuss unterbrach, weil er vor Schmerzen zurückzuckte und sich auf die Zunge beißen musste, um einen Schrei zu unterdrücken.

»Lorraine hat Tabletten dagelassen«, murmelte Brennan und beugte sich über ihn zum Nachtschränkchen. Fürsorglich reichte er ihm ein Glas Wasser und zwei Pillen, die Nick dankbar seine Kehle hinunterjagte.

Als er das Glas zurückstellte, entdeckte er drei einzelne Skittles, die neben dem Wecker lagen.

»Die hat Billy dir gebracht«, erklärte Brennan, der seinem Blick folgte.

»Wow, seine Großzügigkeit kennt keine Grenzen«, sagte Nick spöttelnd und griff nach den Süßigkeiten, um sie Brennan in der Handfläche hinzuhalten. »Du darfst dir zwei aussuchen.«

»Warum gleich zwei?«, fragte Brennan und nahm sich Grün und Orange.

»Weil du der Heißere von uns beiden bist.«

Brennan lachte in einem leisen Ausstoßen von Luft und zögerte. Er sah ihn nicht an, als er fragte: »Was ist mit dem Bullen, Everard?«

Überrascht hielt Nick darin inne, sein dunkelrotes Skittle zu zerkauen. Brennan war eifersüchtig? Seine Eingeweide zogen sich angenehm zusammen. »Keine Konkurrenz für dich«, brachte er schließlich ehrlich hervor.

»Gut zu wissen«, flüsterte Brennan und griff nach Nicks Hand, um sie sich auf den Oberschenkel zu legen und sie behutsam mit dem Daumen zu streicheln.

»Es tut mir leid, dass ich dir nicht vertraut habe«, sagte Nick mühsam.

»Schon in Ordnung.«

»Nicht zu vergessen der Faustschlag. Der tut mir ebenfalls verdammt leid.« Er schüttelte den Kopf über sich. Fast schämte er sich für sein Verhalten. Und das war bloß rechtens, denn er hatte überreagiert.

»Der hat echt gesessen«, grinste Brennan und beugte sich vor, um ihm die Schläfe zu küssen. Wohl zum Zeichen ihrer Versöhnung.

Nicks Herz begann zu zittern, weil Brennan zärtlich zu ihm war. Er fühlte, wie das Medikament zu wirken begann und der Schmerz in seinem Arm gedämpft wurde. »Da wir uns wieder versöhnt haben, können wir uns ja jetzt darum kümmern, dir den Glauben auszutreiben, du seist nicht gut genug.«

»Was?«, kam irritiert zurück.

Nick erhob sich und zog Brennan mit sich. Mit sanften Gesten zwang er ihn, sich auf die Bettkante vor den schmalen Spiegel seines Schrankes zu setzen. Er ging zwischen perfekten Beinen auf die Knie und küsste einen heißen Mund. Überrascht wurde seine Zärtlichkeit erwidert.

Als er Anstalten machte, Brennan auszuziehen, protestierte dieser leise: »Du bist verletzt, Nick.«

»Nicht verletzt genug, um dir eine Lektion zu erteilen.« Entschlossen befreite er Brennan von Pullover, Hosen und Unterwäsche, knabberte an Haut, bis Brennan seine Gegenwehr stöhnend aufgab. Bloß ein kaum hörbares, zurückhaltendes Geräusch, aber es ließ ihn sofort hart werden.

Brennans steife Männlichkeit bog sich ihm fordernd entgegen und er leckte über die Eichel, an der ein Lusttropfen perlte. Brennans erregter Seufzer trieb ihm einen Schauer über den Rücken.

»Sieh in den Spiegel und sprich mir nach«, befahl Nick rau.

»Äh ... ich glaube nicht, dass ich mich hierbei im Spie-«

Nick ließ ihn in seinen Mund gleiten und Brennans Widerspruch verebbte in einem weiteren Stöhnen.

»Ich bin gut genug«, murmelte Nick.

»Was?«, stieß Brennan hervor und kitzelte ihm mit seinem heißen Atem den Scheitel. »Du bist der bemerkenswerteste Mann, der mir je begegnet ist. Wie könntest du nicht gut ge-«

Nick bedachte ihn mit einem tadelnden Blick, glitt mit der Zunge langsam über seinen Schaft, spürte das Zittern und flüsterte: »Du sollst mir nachsprechen.«

Unsicherheit schlich sich in Brennans Züge. »Muss das sein?«

»Ja, das muss sein und zur Strafe für deine Widerspenstigkeit fangen wir gleich mit dem schwierigeren Satz an. Ich bin *mehr* als gut genug.« Er bemerkte, wie Brennans Blick zwischen ihm und seinem Spiegelbild hin und her wanderte. Der Mann war einfach zum Vernaschen und seine Schüchternheit verlieh ihm eine Unwiderstehlichkeit, die Nick in die Knie gezwungen hätte, wenn sie sich nicht schon in den Teppich graben würden.

»Ich bin doch der bemerkenswerteste Mann, der dir je untergekommen ist«, begann er mit neckischem Unterton, der ihm schnell abhandenkam. »Würde *der* nackt zu deinen Füßen knien und dir den Schwanz lutschen, wenn du für ihn nicht auch der bemerkenswerteste Mann der Welt wärst?«

»Vielleicht ist er auch bloß ein Idiot.«

Nick hielt schmunzelnd inne. »Wirst du ihm den Gefallen trotzdem tun? Wenn er hiermit weitermacht?« Er leckte an Brennans Hoden, saugte sie abwechselnd in seinen Mund und rieb mit der Hand seinen harten Schwanz.

Brennan griff ihm mit einem lustvollen Laut ins Haar und zerzauste es. »Ich bin mehr als gut genug«, murmelte er rau.

Zufrieden hauchte Nick noch ein paar Küsse auf Brennans Haut. »Und ich liebe dich«, sagte er dann so beiläufig, wie es ihm möglich war, während er sich erhob, um Gleitgel und ein Kondom aus dem Nachttisch zu holen.

Als er zu Brennan zurückkehrte, sah dieser wie vom Donner gerührt zu ihm auf. Der Mund stand ihm offen und seine Augen waren geweitet, die Pupillen vor Begierde vergrößert. Sichtlich hatte er Nicks Liebesgeständnis in ein Bukowski-Zitat gepackt nicht ernst genommen. Aber dieses hier.

Anstatt Brennans Verwirrung großartig zu beachten, setzte er sich auf den Mann, der ihn mit den muskulösen Armen umfing, als sei er zerbrechlich. Er fühlte sich wertgeschätzt und geborgen. Und irrsinnig erregt. Mit unterdrückter Hast streifte er Brennan das Kondom über, während mit Gel befeuchtete Finger seinen Eingang dehnten.

Brennan küsste ihm die Brust und sank schwer atmend mit der Stirn gegen ihn, als Nick ihn in sich dringen ließ. »Ich liebe dich auch«, murmelte er an seiner schweißfeuchten Haut und erbebte, als er ganz in ihm war.

Nicks Herz setzte einen Schlag aus und er musste lächeln. Er vergrub eine Hand in Brennans Haar und presste seine Lippen an dessen duftenden Scheitel. Langsam und verführerisch bewegte er die Hüften, spürte Brennan tief in sich und biss sich auf die Unterlippe. Sein Schwanz rieb sich an festen Bauchmuskeln und wurde immer feuchter – Lusttropfen und ihr gemeinsamer Schweiß.

Brennan zog ihn dichter an sich, beschleunigte das Tempo. Nick gab sich ihm willig hin, ließ sich von ihm führen. Er fühlte den nahenden Höhepunkt, seine Hoden zogen sich fast schmerzhaft zusammen und er spritzte mit einem Stöhnen ab, während er die Arme unnachgiebig um Brennans Nacken schlang. Er wollte ihm so nahe sein, wie es nur ging. Am liebsten würde er in ihn hineinkriechen.

Brennan schien dasselbe zu wollen, er drang noch einmal hart in ihn ein, dann spannte sein Körper sich an und er gab einen grollenden Laut der Befriedigung von sich. Seine Umarmung wurde so fest, dass es beinahe schmerzte.

Ihr Luftholen klang zittrig, bis sie wieder zu Atem kamen. Brennan hob den Kopf und sie schmiegten sich aneinander. Stirn an Stirn, Nase an Nase.

»Ich lass dich nicht mehr los. Nie wieder«, murmelte Brennan mitgenommen.

»Geht in Ordnung.«

EPILOG

Musik füllte die Halle zusammen mit den Geräuschen, die Brennan machte, wenn er an den Autos arbeitete. Schrauben, Hämmern, Schweißen. Es roch nach Kraftstoff, Öl und Brennans Rasierwasser – ein Duft, den er liebgewonnen hatte.

Die Tore waren weit geöffnet und ließen die laue Abendluft ein. Nick ließ sich von seiner Arbeit ablenken und sah nach draußen auf den Hof, auf dem einige Wagen standen, die auf eine Reparatur warteten. Es waren viele. Ihre Werkstatt war so beliebt wie nie zuvor, sagte zumindest Brennan. Ein zufriedenes Lächeln schlich sich auf seine Lippen. Das tat es jetzt oft. Es fing schon morgens an, wenn Brennan sich dicht an ihm streckte und ihm zärtlich die Wange küsste.

Jetzt dehnte er die müden Glieder und freute sich auf das gemeinsame Kochen, sobald sie daheim waren. Ihm knurrte der Magen. Burger und Pommes zu Mittag hielten nicht lange an. Sie sollten morgen etwas Vernünftiges essen gehen.

»Kannst du mir mal die Zündkerzenstecker-Zange reichen, Baby?«, bat Brennan, während er gedankenverloren vor der offenen Motorhaube eines alten Ford stand.

Nick erhob sich und legte das Buch mit den Rechnungsabzügen auf den Tisch. »Äh ... Klar. Wenn du nur kurz den Blick in die Richtung dieses Dings schweifen lassen könntest, wäre das echt der Hammer.«

Brennan bedachte ihn mit einem seltsamen Blick, der süß anmutete. »Diese Zange da neben dir im Wagen, die mit dem blau-schwarzen Griff. Ja, genau die. Ich muss dich wirklich langsam anlernen.«

Mit einem Grinsen reichte Nick ihm das benötigte Werkzeug und lehnte sich an den Problemwagen, um Brennan bei der Arbeit zuzusehen. »Sag ich doch die ganze Zeit. Ich kann dein Bürohengst und dein Autoschrauber sein.« Bislang hatte Brennan ihn nur ein paar Reifen wechseln und gerissene Keilriemen austauschen lassen. Er machte die Buchhaltung in ihrer Werkstatt, doch es war noch Luft nach oben, bis er sich ausgelastet fühlen würde.

»Wir wagen uns mal an etwas leichteres ran. Bei diesem alten Schrottding bin ich mir selbst noch nicht sicher, was ihm fehlt.« Brennan beugte sich vor und zog an irgendetwas herum, um dann etwas Neues an den Platz zu schrauben. »Probier mal, ihn zu starten.«

Nick setzte sich hinters Steuer und legte die Hand an den Schlüssel. Bevor er ihn im Zündschloss drehen konnte, wurde er von Brennans Anblick aufgehalten. Das war der Mann, mit dem er den Rest seines Lebens verbringen wollte. Der Kerl, der sogar ölverschmiert und verschwitzt noch der schönste Typ auf Erden war. Der Mann, mit dem man den allerbesten Sex der Welt haben und im Streit die Fetzen fliegen lassen konnte.

Der, der nach einer Zankerei auf ihn zukam und den Streit beilegte, auch wenn er nicht im Unrecht gewesen war. Der, der ihm mit seinem Lächeln an den Rand eines Asthmaanfalles bringen konnte.

»Nick?«, fragte Brennan schmunzelnd.

»Klar, sorry.« Er startete den Motor und der sprang an, als hätte er nie etwas anderes getan. Als hätte er vergessen, dass er Brennan seit drei Tagen Kopfschmerzen bereitete. »Du hast es geschafft!«, rief Nick erfreut und sprang aus dem Wagen direkt in Brennans Arme, um ihn zur Belohnung wild zu küssen.

»Na, so eine Leistung war das jetzt auch nicht«, winkte Brennan verlegen ab.

»Doch, war's. Und zur Feier des Tages fahren wir jetzt am *Seven Sins* vorbei und nehmen uns zwei Bier mit.« Er gab Brennan noch einen Kuss auf die Lippen und zog die Rolltore herunter, um dann das Radio auszumachen.

»Santiago wird sauer sein, weil wir ihm nicht Gesellschaft leisten«, sagte Brennan grinsend und trocknete sich die frisch gewaschenen Hände ab.

Kitty hatte sich dazu durchgerungen, ihr Studium fortzuführen, und Santiago hatte sich dazu breitschlagen lassen, jeweils die ersten drei Tage der Woche bei ihr in der Stadt zu verbringen. Ein Kompromiss, mit dem sie beide gut leben konnten und mit dem sogar Archie zufrieden war. Auch wenn er das nicht offen zugegeben hatte.

Nick zuckte mit den Schultern. »Soll er ruhig sauer sein. Ich will nach Hause und mich mit dir auf die Couch werfen.«

»Ist mir nur recht.« Brennan hielt ihm die Seitentür auf, schaltete das Licht hinter ihnen aus und schloss gewissenhaft ab. Während sie zum Van gingen, den sie vorne am Eingang geparkt hatten, legte er ihm den Arm um die Taille.

Nick legte die Hand auf Brennans warme Finger und kuschelte sich beim Gehen an ihn. Er sah zu dem Mann an seiner Seite auf. »Was hältst du davon, wenn wir uns ganz altmodisch einen Film ausleihen?«, schlug er leise vor.

Brennan strahlte übers ganze Gesicht. »Gerne. Du darfst aussuchen.«

Es war so einfach, ihm eine Freude zu machen. In Nicks Bauchgegend zog sich etwas angenehm zusammen.

Am Wagen angekommen mussten sie sich voneinander lösen. Um die Zeit ihres Getrenntseins zu überbrücken, tauschten sie ein paar Küsse aus. »Ich liebe dich«, sagte Nick lächelnd und legte die Hände an Brennans Wangen. Dieser Mann tat ihm so verdammt gut.

»Ich dich auch«, murmelte Brennan und streifte seine Lippen noch einmal, während sie sich fest umarmten und dabei aneinanderdrückten.

Sie stiegen in den Wagen und machten sich auf den Heimweg.

ÜBER D. C. MALLOY

Ihr Name ist D. C. oder einfach Cress. Sie ist schreibwütig, lesesüchtig und so verpeilt, dass es morgens schon mal passieren kann, dass sie aus ihrem Buch trinkt und im Kaffee(satz) liest. Wenn es um Schriftsteller geht, hat sie jeweils eine Schwäche für Charles Bukowski, Garry Disher und Castle Freeman, wobei die für Bukowski am ausgeprägtesten ist.

DU WILLST KONTAKT AUFNEHMEN?
KLAR DOCH!

Facebook: @dcmalloy.author
E-Mail: dakota.c.malloy@gmail.com

25427335R00127

Printed in Poland
by Amazon Fulfillment
Poland Sp. z o.o., Wrocław